BIBLIOTHÈQUE DE LA JEUNESSE

MONTLUC LE ROUGE

PAR ALFRED ASSOLLANT

LIBRAIRIE 2 50 HACHETTE

Bibliothèque
des Écoles et des Familles

MONTLUC LE ROUGE

MONTLUC ET SES COMPAGNONS BONDIRENT SUR LES CANADIENS

BIBLIOTHÈQUE DE LA JEUNESSE

MONTLUC LE ROUGE

PAR

A. ASSOLANT

ILLUSTRATIONS DE SAHIB ET DE VOGEL

LIBRAIRIE HACHETTE

79, BOULEVARD SAINT-GERMAIN, PARIS

MON PÈRE REJETTE LES IROQUOIS DANS LE FOSSÉ.

MONTLUC LE ROUGE

I. — OÙ LE CURÉ DE GIMEL REÇOIT DES HOTES INATTENDUS

C'EST le 26 décembre de l'an 1696, vers six heures du soir, que je fis l'heureuse rencontre qui devait changer le cours de ma vie.

J'étais assis dans mon fauteuil au coin de la cheminée où flambait un joyeux feu d'hiver, quand une voix retentissante se fit entendre au bas de l'escalier, et, grossissant et se rapprochant toujours, m'avertit que Marion et Beaupoil allaient entrer dans ma chambre.

Marion, c'était ma servante, gouvernante, femme de charge et cuisinière. Beaupoil était son lieutenant, son mari et son souffre-douleur. C'est lui qui bêchait le jardin, qui pansait le cheval, qui portait le fumier, qui coupait le cou aux canards, qui menait les vaches au pré, qui taillait la vigne, qui balayait la cuisine et l'escalier, qui allait à Tulle les jours de marché, qui semait, qui fauchait, qui sarclait, qui moissonnait, qui battait le blé en grange ; mais la plus pénible de ses occupations était sans contredit de subir toute la journée les ordres, les cris, les reproches, la conversation et les lamentations de Marion. « Monsieur le curé, me disait-il souvent, je fais mon purgatoire en ce monde. »

Beaupoil était un garçon de taille moyenne, bien constitué, avec des cheveux blonds, des yeux gris et une démarche indolente comme celle d'un bœuf qui revient du pâturage.

Son humeur toujours égale et toujours calme aurait fait honneur à un philosophe.

Beaupoil n'était pas bavard ; en général, il préférait se taire, ayant remarqué, comme les Arabes, que si la parole est d'argent, le silence est d'or. Tout au plus, à bout de patience, levait-il quelquefois les épaules, en prenant soin cependant que sa femme ne le vît pas, car il n'était pas moins prudent que flegmatique. Du reste bon enfant, facile à vivre et qui n'avait commis qu'une faute en sa vie — une seule, mais irréparable ! — c'était d'épouser à vingt ans ma servante Marion qui en avait trente-trois.

Quand ils vinrent me demander mon consentement, je lui dis : « Beaupoil, marie-toi, si c'est ta fantaisie ; mais pourquoi choisir Marion, qui n'est pas belle et qui a dix ans de plus que toi ?

— Monsieur le curé, me répliqua-t-il, Marion est petite, nabote et grognon, c'est vrai ; mais d'abord elle fait la soupe mieux que personne, et dans la famille des Beaupoil on a toujours aimé la soupe. Ensuite, elle m'a promis et juré par serment de rester toujours au service de M. le curé, et de vivre toujours d'accord avec ma pauvre vieille mère qui n'a personne que moi pour la nourrir et prendre soin d'elle. Ça, voyez-vous, monsieur le curé, ça m'a décidé tout de suite... Ça et la soupe. »

Voilà comment, ayant déjà Marion à mon service, je fus obligé d'y ajouter Beaupoil d'abord, et ensuite sa mère, la vieille Jeanneton Beaupoil, sans compter un vieux chien de chasse qu'elle avait adopté neuf ans auparavant et dont les querelles avec la chatte de Marion faisaient un affreux tapage dans tout le presbytère.

Malgré tout, j'étais aussi heureux qu'on peut l'être dans cette vallée de misère lorsqu'on est arrivé sans maladie à l'âge de trente-cinq ans, qu'on est curé de la paroisse de Gimel, près de Tulle en Limousin, aimé de ses paroissiens, bien vu de ses confrères et de son évêque, et que, outre le revenu de la cure, qui n'est pas moindre de cinq cents écus, on a été mis depuis sept ans par la mort d'un oncle, avocat à Périgueux, en possession d'un héritage de cent soixante-dix-mille livres tournois.

Je reviens aux cris que poussait Marion :

« Ah! mon Dieu! dit-elle en ouvrant la porte de ma chambre, il ne nous manquait plus que cela. »

Puis se tournant du côté du corridor, vers le malheureux Beaupoil qui n'osait se montrer :

« Tu ne pouvais pas les laisser où ils étaient, grand nigaud! Mais Beaupoil veut faire le généreux. Beaupoil amène les gens dans la maison de M. le curé comme si c'était la sienne. »

Ici je coupai la parole à Marion :

« Qu'est-ce qui est donc arrivé, Beaupoil? »

Alors il s'avança au milieu de la chambre et dit :

« Vous vous souvenez, monsieur le curé, que vous m'avez dit hier de pêcher quelques truites au bas de la cascade de Gimel, et que vous attendiez pour demain la visite de Mᵉ Tabourey, notaire royal à Tulle, et votre ami particulier, un fin connaisseur, je vous en réponds. Voyant ça, après les Vêpres et le Salut, vers deux heures j'ai pris épervier sur le dos et j'ai descendu avec précaution le long de la cascade.

« Enfin, j'arrive au bas, je casse la glace qui n'était pas épaisse et je jette l'épervier dans la rivière. Une fois,... deux fois,... trois fois... Je ne ramène pas un goujon. Fin finale, à force de jeter l'épervier, j'attrape quelques goujons, et je veux revenir à la maison. Mais voilà que la nuit était proche, le brouillard montait du côté de Tulle vers Gimel, la neige commençait à tomber plus épaisse que jamais.

« Friquet donc, voyant que mon panier était plein et qu'il fallait revenir, prend les devants. Moi qui portais le panier et l'épervier, j'allais plus lentement, parce qu'il fallait m'accrocher aux roches, aux arbres, aux buissons, de peur de rouler dans le précipice. Tout à coup, comme j'étais déjà sur la hauteur, je vois Friquet qui revient vers moi d'un air épouvanté. Alors, voyant que Friquet avait peur de quelqu'un que je ne voyais pas, j'ai peur à mon tour, je reste là pendant trois ou quatre minutes, sans

bouger, comme si j'avais pris racine. Je voulais avancer, je n'osais pas; je voulais crier, je n'osais pas. Tout à coup j'entends de loin un bruit très faible comme celui des grelots de plusieurs chevaux. Ça me ranime.

« Mais Friquet ne bougeait pas plus qu'auparavant et me regardait avec des yeux... Ah! la pauvre bête!... des yeux qui me suppliaient comme si j'avais voulu l'envoyer à la mort... Alors, pour avoir les bras libres, je lui mets dans les dents l'anse du panier, je pose mon épervier sur mon épaule gauche et je marche le premier. Au bout de dix pas, au détour du sentier, qu'est-ce que je vois?... Une paire d'yeux flamboyants qui me regardaient comme s'ils avaient voulu me dévorer. C'était un loup énorme qui m'attendait.

— Ah! mon Dieu! s'écria Marion, un loup!

— Oui, un vrai loup, reprit Beaupoil, et qui n'était pas seul. Il avait dû amener avec lui toute sa famille, car ils étaient là plus de dix, à droite et à gauche du chemin.

— Tu as dû avoir bien peur, mon pauvre Beaupoil! dit alors Marion.

— Non, pas trop, répliqua Beaupoil avec simplicité. Je savais maintenant ce qui arrêtait Friquet.

— Avais-tu apporté ta carabine? lui demandai-je.

— Non, monsieur le curé, et c'est bien ce qui me faisait le plus de peine. Cependant je regardais les loups sans rien dire et les loups aussi me regardaient.

« Voyant que le vieux loup allait se jeter sur Friquet ou sur moi et que les autres le suivraient, je ramasse mon épervier dans ma main droite et je le lance sur lui comme s'il eût été truite ou brochet. En un clin d'œil le loup se trouve pris dans les mailles et commence à pousser des hurlements à faire dresser les cheveux sur la tête d'un chauve. Toute sa famille, voyant ça, se jette sur moi et sur Friquet. Tout à coup j'entends une voix d'homme qui crie de trente pas : « Courage, l'ami, tiens bon! Nous sommes à toi tout à l'heure! Ho! Phœbus, ho! mon bon chien, pille! pille! » En même temps je vois un grand chien terre-neuve, noir et blanc, qui arrive d'un bond au milieu du sentier, prend à la gorge l'un des loups qui déjà me tenait par la blouse et l'étrangle d'un coup de dent. Un autre veut le saisir à son tour; heureusement, le terre-neuve avait un beau collier à pointes qui a brisé la mâchoire du loup.

« L'homme suivait son chien de près. Ah! quel homme, monsieur le curé! six pieds de haut pour le moins, et des épaules à porter une maison! Avec ça délié des jambes comme un cerf, et fort et hardi, et qui ne craint pas de risquer sa vie pour le prochain! Au reste vous allez le voir tout à l'heure. Il accourait vers moi, la carabine en main et faisant des enjambées terribles. A trois pas, il s'arrête, fait feu sur un loup sans même ajuster et l'étend raide mort dans la neige. Un autre veut le mordre à la jambe; il l'assomme d'un coup de crosse... Tout ça sans rien dire, excepté : « Ho! Phœbus! oh!

mon bon chien ! » pour encourager le terre-
neuve, et aussi de temps en temps : « Par
ici, Donald ! par ici ! »

« A la fin, c'est-à-dire deux minutes. après,
M. Donald est arrivé à son tour... Un beau
gentilhomme aussi celui-là, mais qui n'a pas
la mine de l'autre, quoique (il faut être
juste...) il m'ait bien rendu service, lui
aussi, car il a tué un des loups de deux
coups de pistolet et cassé la patte d'un autre
qui s'est sauvé en hurlant. Les autres, voyant
qu'il n'y avait rien à gagner, l'ont suivi à
la trace, en emportant le pauvre Friquet à
demi dévoré. Phœbus voulait courir après
eux ; mais le gentilhomme (car c'en est un,
j'en suis sûr) l'a rappelé. Alors j'ai voulu le
remercier. Il m'a coupé la parole pour me
dire :

— Comment t'appelles-tu ?

— Beaupoil, monsieur, pour vous servir.

— Sommes-nous loin de Tulle ?

— A plus de deux lieues.

— Peux-tu nous y conduire ce soir ?

— Demain matin, monsieur, avec plaisir ;
ce soir il y a trois pieds de neige sur la
montagne ; le chemin n'est déjà pas bon en
été, en hiver on ne s'y reconnaît plus. Mais
si vous vouliez venir avec moi jusqu'à Gimel,
monsieur le curé sera bien aise de vous
offrir à souper. Ma femme Marion, qui est
sa cuisinière, fera de son mieux pour vous
satisfaire...

« Alors il a dit à son compagnon : « Eh
bien, Donald, qu'en penses-tu ? Veux-tu souper chez le curé de Gimel ?

— Yes, yes, je veux souper », a répondu
M. Donald.

« Le grand m'a dit encore : « Passe devant, Beaupoil. Nous allons chercher le
postillon et les chevaux que nous avons lais-
sés à trois cents pas d'ici pour venir à ton
secours.

— Mais, monsieur, connaissez-vous le chemin ?

— Va toujours, Phœbus le reconnaîtra et
nous l'indiquera. »

« Alors je suis venu pour vous avertir de
leur arrivée et pour dire à Marion de faire
le souper. »

Au même instant on frappait à la porte
et Marion descendit précipitamment pour
ouvrir. Beaupoil n'avait rien dit de trop. Quoique
la porte de mon presbytère fût large et haute,
Dieu merci, le voyageur qui en franchit le
seuil le premier me parut presque aussi haut
et aussi large qu'elle. Tout en lui était
étrange et saisissant : le teint hâlé par le
soleil, rougi par la neige et le froid ; les
yeux vert de mer, dont le regard pouvait
être, suivant l'occasion, riant, caressant ou
terrible ; le nez mince et droit comme une

lame d'épée ; la poitrine large comme celle
du fameux Bohémond, prince de Tarente et
d'Antioche ; la mine joyeuse et hardie ; et
plus que tout le reste peut-être, un vaste
surtout composé de fourrures si belles et si
rares que je n'en avais jamais vu de pareilles,
et qu'il portait avec la négligence superbe
d'un grand seigneur.

En entrant il me tendit la main et dit :
« Monsieur le curé, excusez-moi de venir
vous demander l'hospitalité...

— Monsieur, répliquai-je, après le service
que vous venez de rendre à mon pauvre
Beaupoil, je suis trop heureux de vous recevoir. Ma maison est la vôtre ; mais c'est
bien peu de chose ; à Gimel nous sommes
bien loin de tout et je crains que votre souper...

— Pour ça, c'est vrai, dit Marion en
décrochant sa casserole, nous n'avons pas
grand'chose aujourd'hui. Nous ne vous rece-
vrons pas suivant vos mérites, messieurs,
mais suivant nos moyens. »

Pendant ces compliments réciproques,
Beaupoil et le postillon conduisirent les chevaux à l'écurie, et le second voyageur entra
dans la maison.

« Monsieur le curé, dit le plus grand des
deux, j'ai l'honneur de vous présenter lord
Donald O'Brian, comte de Kildare, descendant légitime des anciens rois d'Irlande,
banni de sa patrie par l'usurpateur Guillaume
d'Orange à cause de sa fidélité à la foi
catholique et au roi Jacques II ; du reste,
capitaine au service de France et mon ami
particulier. »

Je donnai la main à lord O'Brian.

« Moi, continua l'autre, je suis le baron
Louis de Montluc, arrière-petit-neveu du
célèbre Blaise de Montluc qui fut maréchal
de France. Mon père, le baron Annibal, chef
de la branche cadette, est seigneur de la
Tour-Montluc en Canada et propriétaire légitime d'un pays de chasse de cent lieues de
long et de soixante de large, sur les bords
du lac Erié.

— Et moi, dis-je à mon tour, je suis le
curé Lefranc de Gimel, l'une des plus pauvres paroisses de tout le diocèse, mais l'un
des plus beaux pays qu'on puisse voir quand
on aime les livres, la solitude, les montagnes, les bois épais, les cascades et ses
paroissiens. Maintenant, messieurs, voici
votre chambre. Quand vous serez prêts, Marion sera prête aussi et nous pourrons souper. »

Une demi-heure après, nous nous mettions
à table tous les trois.

Marion s'était surpassée ; tout était réussi,
pâtés, gibier, volaille, truites, entremets,
tout était cuit à point et de manière à flatter
l'amour-propre irritable de ma servante.

II. — COMMENT LE BARON ANNIBAL DE MONTLUC TROUVA LE MOYEN
DE SERVIR LE ROI DE FRANCE ET DE FAIRE SA FORTUNE

Si le baron de Montluc et son compagnon m'avaient paru dès l'abord deux gentilshommes de haute naissance, ce fut bien autre chose lorsqu'ils sortirent de leur chambre, après s'être dépouillés de leurs manteaux de fourrure.

M. de Montluc était habillé magnifiquement, mais à la mode du temps de la feue régente Anne d'Autriche.

Son épée, qu'il déposa dans un coin pour s'asseoir, était une longue et large rapière du XVIᵉ siècle, admirablement ciselée à la poignée par un élève du fameux Benvenuto Cellini. Le ceinturon, fait de cuir de buffle, était attaché par une agrafe de l'or le plus pur dans laquelle on avait incrusté un diamant d'une valeur inestimable. Chacun des boutons de son habit était fait de même métal que l'agrafe et valait au moins cent livres pièce. Quant à la cravate de dentelle, je ne sais si celle du roi de France aurait pu soutenir la comparaison. Mais tout cela n'était rien auprès de l'air de grandeur, de générosité, de simplicité, d'intrépidité du jeune gentilhomme.

Donald O'Brian, comte de Kildare, son compagnon, portait l'uniforme du régiment de Royal-Irlandais, qui avait passé au service de Louis XIV, en 1690, après la bataille de la Boyne. C'était, lui aussi, un beau et fier gentilhomme ; mais Marion, Beaupoil et moi-même nous n'avions d'yeux que pour M. de Montluc.

Vers le milieu du souper, le baron remplit nos verres et proposa de boire à ma santé — honneur que je me hâtai d'accepter et de reconnaître en faisant signe à Beaupoil de nous offrir deux bouteilles de mon meilleur vin de Bourgogne.

Comme il levait son verre pour trinquer avec moi, je remarquai avec admiration une bague merveilleusement ciselée qu'il portait à la main droite et sur laquelle étaient gravés ces mots : *Ego et Rex* (moi et le roi).

Il s'en aperçut et me dit en l'ôtant de son doigt pour me la faire voir de plus près.

« Cette devise est celle de mon père. Le diamant autour duquel on l'a gravée appartenait autrefois au fameux marquis du Guast, général de l'armée d'Espagne, qui se fit battre à Cerisoles, en 1544. Vers la fin de la bataille, mon bisaïeul, Blaise de Montluc, se mit à la poursuite du marquis, ayant juré, s'il pouvait le prendre, de le conduire à la potence, parce que ce déloyal gentilhomme avait fait assassiner en pleine paix un ambassadeur français ; mais du Guast, monté sur un cheval barbe renommé pour sa vitesse, franchissait au galop les haies et les fossés, et comme Montluc le suivait de près et déjà lui criait : « Tourne visage, marquis, tourne

visage, ou je te donne du pistolet dans le dos ! » le marquis, toujours fuyant, laissa tomber son chapeau dont la boucle était ornée du diamant que vous voyez. A cette vue, mon grand-oncle mit pied à terre, ramassa le chapeau, garda le diamant et le fit monter en or avec la devise que vous voyez, qui est celle de ma famille, car les Montluc n'ont jamais reconnu sur la terre d'autre commandement que celui du roi.

— Et encore, interrompit l'Irlandais en riant, le roi n'est pas toujours le maître, témoin le jour où ton père, avec un parti de cavalerie, manqua de l'enlever au pont de Gien avec la reine régente et toute la cour.

— Ce sont de vieilles histoires, répliqua le baron de Montluc, et mon père a payé cher le plaisir de faire trembler successivement les deux rois de France et d'Espagne et de croiser le fer avec le grand Condé. Il a passé dix fois à fleur de corde. »

Et comme je demandais curieusement à quelle occasion, il continua :

« Monsieur le curé, tout cela est bien ancien ; cependant, si vous voulez me promettre que nos chevaux seront prêts à partir demain matin au point du jour, je vous ferai volontiers ce récit. »

Je donnai des ordres à Beaupoil, qui, debout, la serviette en main, écoutait avec la plus vive attention les discours de mes hôtes.

« Voici, dit alors M. de Montluc, comment l'affaire commença. Vers l'an 1651, monsieur le Prince, aujourd'hui défunt, celui qu'on appelait le grand Condé, s'avisa de dire en plein Louvre, chez madame Anne d'Autriche, reine régente, que le signor Mazarin, premier ministre et cardinal, n'était qu'un faquin d'Italie et qu'il lui donnerait tôt ou tard la bastonnade. Cela fit rire tout le monde, excepté, bien entendu, la reine et le cardinal. Quelques jours après, monsieur le Prince fut arrêté par surprise et envoyé au donjon de Vincennes. Aussitôt qu'on apprit cette nouvelle, un grand nombre de gentilshommes prirent les armes pour délivrer monsieur le Prince, et parmi eux était mon père.

« Mon père donc, indigné que la régente et le cardinal (une Espagnole et un Italien) eussent fait mettre en prison le premier prince du sang, leva un régiment de cavalerie au cri de : *Vive le roi ! vive Condé ! à bas Mazarin !* surprit l'armée royale au passage de la Loire et en mit une moitié en fuite. Si monsieur de Turenne, accouru en toute hâte, n'avait rétabli le combat, mon père, ce jour-là, aurait placé la couronne de France sur la tête du grand Condé. »

Je ne pus m'empêcher de dire : « Monsieur le baron, ç'aurait été un grand crime.

— Croyez-vous, monsieur le curé ? dit le

baron en riant ; au reste, si ce fut un crime, mon père en fut bien puni, comme vous allez voir. Le premier jour, monsieur le Prince fut si content de ses exploits qu'il l'embrassa devant toute l'armée et jura que le baron Annibal de Montluc était le plus vaillant gentilhomme de France et son meilleur ami. Un mois plus tard, on vit venir au camp un envoyé du roi d'Espagne et l'on parla d'un

à l'instant le boute-selle et je pars avec mon régiment. » Condé, furieux, lui cria : « Traître ! Tu vas rejoindre le Mazarin ! » A quoi mon père répliqua : « Monseigneur, il n'y a jamais eu de traître dans la famille des Montluc, et le connétable de Bourbon, qui voulait livrer le royaume de France à Charles-Quint, était votre grand-oncle. » A ces mots, Condé tire son épée. Mon père suit

« CAMARADES, C'EST LA PART DU ROI D'ESPAGNE »

traité qui livrait deux provinces aux Espagnols. Là-dessus, grande rumeur. Mon père va droit au prince et lui dit devant cinquante gentilshommes : « Monseigneur, on raconte que vous avez promis de livrer deux provinces au roi d'Espagne pour prix de son alliance... Est-ce vrai ? » Monsieur le Prince, arrogant et impétueux comme il était, lui répondit : « Que t'importe, Montluc ? Est-ce à toi de me demander des comptes ?

— Il m'importe si bien, dit mon père, que si vous refusez de répondre, je fais sonner

son exemple et croise le fer. Les gentilshommes présents les séparent. Mon père monte à cheval, emmène son régiment et retourne dans ses terres de Périgord.

— Eh bien, monsieur le baron, il eut raison ce jour-là.

— Vous croyez, mon cher curé ?... Attendez la suite. Un an plus tard, le roi, la reine, le cardinal étant rentrés dans Paris, mon père, qui vivait en paix et cultivait ses vignes, fut averti que le Parlement de Bordeaux avait ordre d'informer contre lui. A cette nouvelle il n'hésita pas. Il fit seller et brider son meilleur cheval, mit deux paires de pistolets dans ses fontes, soixante mille livres en or dans ses poches, appela autour de lui dix ou douze des plus braves soldats de son ancien régiment, tous vrais Gascons ou Périgourdins, et leur dit : « Mes amis, le roi nous fait chercher, vous pour être pendus ou le servir sur ses galères, moi pour avoir la tête coupée. Il paraît que nous avons eu tort de nous battre pour Condé contre Mazarin, et que Condé n'est pas le plus fort. Voulez-vous attendre le bourreau ou venir avec moi ? » Tous crièrent qu'ils voulaient le suivre. Mon père ajouta : « Le royaume de France est au roi ; la mer est au plus brave. Donc soyons rois sur mer comme lui dans son Louvre. En avant ! »

« Après quoi, sans perdre une minute, pendant que la maréchaussée le cherchait du côté de Bordeaux, il prit le chemin de la Rochelle, acheta un brick de dix canons, le munit d'une trentaine de mousquets, d'un pareil nombre de piques et de haches d'abordage, enrôla dans sa troupe une vingtaine de hardis matelots et annonça le dessein de faire la guerre au roi d'Espagne, qui, depuis vingt ans déjà, la faisait au roi de France.

« Comme il levait l'ancre avec son équipage, il apprit que le Parlement de Bordeaux venait, sur la demande de M. le procureur général, de le condamner à mort et de confisquer tous ses biens ; à quoi, de son propre mouvement, Sa Majesté le roi Louis XIV avait daigné ajouter l'ordre de mettre sa tête à prix, offrant vingt mille écus à celui qui le livrerait mort ou vif... A la place de mon père, qu'auriez-vous fait, monsieur le curé ? »

Et comme j'étais assez embarrassé de répondre, il ajouta :

« Mon père déclara qu'il avait appris avec douleur le prix dont Sa Majesté voulait payer ses services ; qu'il reconnaissait dans ce jugement inique la funeste influence de ce faquin de Mazarin, qui l'avait toujours calomnié auprès du roi ; qu'il espérait que le temps ouvrirait les yeux tôt ou tard à Sa Majesté et lui montrerait qu'elle n'avait jamais eu de serviteur plus fidèle et plus dévoué que le baron Annibal de Montluc ; et qu'en attendant ce retour inévitable de Sa Majesté à des sentiments plus conformes à son équité ordinaire, il allait mettre à la voile et poursuivre sur toutes les mers les ennemis de Sa Majesté : qu'il croyait pourtant devoir avertir monsieur le cardinal Mazarin et monsieur le chancelier Séguier, qui l'avaient fait condamner à mort, de ne pas venir à sa portée, de peur qu'il ne leur coupât les oreilles, ainsi qu'il en avait fait le serment.

« Voulez-vous savoir comment mon père tint sa promesse et fit la guerre aux ennemis du roi ? Je ne vous en citerai qu'un exemple.

« Un soir, au coucher du soleil, comme il croisait sur l'océan, à cent lieues de Cadix, il vit venir à lui le galion des Indes qui portait au roi d'Espagne les tributs du Mexique et du Pérou, c'est-à-dire quatre-vingts millions d'or et d'argent en barres ou monnayé. Douze vaisseaux de guerre escortaient ce précieux trésor, et le galion, épais et lourd, s'avançait lentement au milieu de cette flotte avec une majesté vraiment royale. Quelle proie, si l'on pouvait le saisir ! Et quelle perte pour le roi d'Espagne avec qui la France était alors en guerre ! Mon père n'hésita pas. Il attendit la nuit, profita de ce que les vaisseaux espagnols se gardaient négligemment, se glissa sans bruit et sans allumer ses feux jusqu'auprès du galion, et donna tout à coup vers minuit le signal de l'abordage. L'officier de quart, surpris, n'eut que le temps de tirer deux coups de pistolet et fut jeté à la mer avec quatre matelots. Le reste de l'équipage, saisi dans son sommeil et sans armes, fut forcé de se rendre et enfermé dans l'entrepont. Ce fut l'affaire de trois minutes. En même temps, les autres vaisseaux espagnols, avertis, par le tumulte et les cris, du malheur qui venait d'arriver, se rapprochèrent du galion pour le reprendre. Mon père, quoique déjà vainqueur, ne fut jamais dans un plus grand danger. A ce moment, l'amiral espagnol Don Carlos, marquis de Santa-Cruz, qui commandait la flotte, le somma de se rendre s'il ne voulait être pendu comme pirate à la plus haute vergue du galion.

« Marquis ! répondit mon père avec son porte-voix, tu me payeras cher quelque jour cette insolence ! Pour cette nuit, causons poliment, comme il convient à deux gentilshommes. Tu crois me tenir, et ce serait presque vrai si tu avais affaire à tout autre qu'un Montluc, car vous êtes vingt contre un ; mais je tiens, moi, le cœur et l'âme du roi d'Espagne, c'est-à-dire ses millions. Nous sommes donc manche à manche. Or voici le traité que je te propose. »

Au mot de traité, la moustache du fier Carlos de Santa-Cruz se hérissa terriblement, comme celle d'un tigre en fureur.

« Je n'ai pas mission, dit-il, de traiter avec les ennemis du roi, mon maître, mais de les pendre. »

Et se tournant vers son capitaine de pavillon, il allait donner le signal du combat, lorsque mon père reprit :

« Marquis, tu as tort de ne pas m'écouter. Tu en auras le regret tout à l'heure. Combien avais-tu de millions dans ce galion ?

— Que vous importe, monsieur de Montluc ? répliqua Santa-Cruz.

— Plus que vous ne pensez, marquis. Ces millions sont à moi et à mes braves amis par le droit de la guerre ; mais si vous êtes sage, si vous veillez avec soin aux intérêts du roi d'Espagne, votre auguste maître, je vous en céderai la moitié, à condition que je pourrai me retirer en sûreté et faire voile vers Saint-Domingue.

— Rendez-vous ! » dit l'Espagnol.

Mon père fit apporter sur le pont les barils d'or et d'argent.

« Si l'on fait feu sur nous, cria-t-il, si un seul de mes hommes est tué ou blessé, je fais jeter deux de ces barils à la mer, et si l'on tente l'abordage, je fais sauter le galion tout entier.

Feu ! » cria Santa-Cruz.

Soixante boulets espagnols entrèrent à la fois dans la coque du galion et abattirent le grand mât.

Au même instant, car les deux vaisseaux n'étaient pas à trente pas l'un de l'autre, vingt coups de mousquet partirent du galion et renversèrent cinq ou six Espagnols à bord du vaisseau amiral.

« Maintenant, commanda mon père, jetez par-dessus bord deux de ces barils. »

Et comme ses matelots hésitaient, les regardant avec convoitise, il ajouta :

« Camarades, ne les regrettez pas ; c'est la part du roi d'Espagne. La nôtre reste intacte. »

Puis, donnant l'exemple, il saisit l'un des deux barils et le jeta lui-même à la mer. A cette vue, Don Carlos de Santa-Cruz fit cesser le feu, et cria de nouveau avec son porte-voix :

« Rendez-vous, Montluc ! Sur ma parole de noble Castillan il ne vous sera fait aucun mal, non plus qu'à vos hommes ! »

Mon père répliqua :

« Marquis, je crois à ta parole ; à ton tour crois à la mienne. Le galion est à moi avec tout ce qu'il contient. Par générosité, je consens à partager avec le roi d'Espagne ; mais s'il veut tout avoir, il n'aura pas un seul petit écu. Ecarte-toi donc et fais place si tu ne veux réduire Sa Majesté le roi Catholique à mendier son pain chez tous les banquiers de l'Europe. »

Le fier Castillan poussa un profond soupir et dit :

« S'il ne tenait qu'à moi, monsieur de Montluc, je vous coulerais bas, dussent périr avec vous tous les trésors de l'Inde et de l'Amérique ; mais qui sait ce qu'en penserait Sa Majesté ? Faites vos conditions puisqu'il le faut et que j'ai vécu assez longtemps pour voir la marine espagnole forcée de composer avec un corsaire. »

A ce mot, mon père répondit :

« Tout beau, marquis. Ce corsaire est d'aussi noble maison que tous les Santa-Cruz ; de plus, il est officier du roi de France, comme tu l'es toi-même du roi d'Espagne... Mais puisque tu veux mes conditions, les voici :

Entre le baron Annibal de Montluc, commandant l'*Ego-et-Rex* au service de Sa Majesté le Roi de France, et le marquis Carlos de Santa-Cruz, amiral de la flotte du Roi d'Espagne, a été convenu ce qui suit :

Article premier. — Les braves gens que commande le baron Annibal de Montluc et ledit baron consentent à céder au roi d'Espagne la moitié de la somme conquise par leur courage, c'est-à-dire quarante millions.

Article second. — De cette somme il faut déduire les deux barils jetés à l'eau par suite de l'entêtement de l'amiral Santa-Cruz, et contenant chacun un million de livres de France en bonne monnaie d'or et piastres mexicaines.

Article troisième. — Pour assurer l'exécution loyale et prompte des deux articles précédents, le marquis de Santa-Cruz, monté sur le vaisseau amiral le *San-*

tiago, accompagnera avec toute sa flotte le baron de Montluc, monté sur son brick l'*Ego-et-Rex* où seront transportés les barils d'or et d'argent que contient le galion. Le baron et le marquis s'engagent à faire route bord à bord en bonne intelligence dans la direction de la Rochelle et à se garantir réciproquement contre toute attaque. En vue du port, la flotte espagnole saluera l'*Ego-et-Rex* de cent coups de canon, et celui-ci rendra le salut avec toute son artillerie. Après quoi les quarante millions que le présent traité attribue à Sa Majesté le Roi d'Espagne seront transportés à bord du *Santiago* et chacune des deux parties contractantes aura le droit d'aller de son côté sans qu'un seul coup de canon puisse être tiré entre elles pendant huit jours.

« Accordé, dit Santa-Cruz. Est-ce tout ?

— C'est tout, répondit mon père.

— Bien... Nous nous retrouverons bientôt, vous et moi, monsieur de Montluc !

— Quand il vous plaira, marquis, répliqua poliment mon père. Je serai toujours heureux de vous voir face à face, le verre ou l'épée à la main. »

En même temps, comme le galion s'enfonçait peu à peu, il se hâta de transporter son précieux butin à bord de l'*Ego-et-Rex*, traversa de nouveau la flotte espagnole tout entière, et, prenant la tête de la colonne, il fit voile vers la Rochelle bord à bord avec le *Santiago*. Arrivé en vue du port, il remit à Santa-Cruz dix-huit barils remplis d'or et d'argent, échangea avec lui les saluts les plus cérémonieux et prit congé du marquis.

Pendant que Santa-Cruz envoyait ses barils sous bonne escorte à la Corogne, et croisait avec cinq vaisseaux de guerre à quelques lieues de la Rochelle, mon père entra dans le port avec son brick, et fit avertir le gouverneur de la ville qu'il avait à lui transmettre un message très important pour le service du roi.

Le gouverneur étant venu à bord, mon père lui dit :

« Monsieur, j'apporte huit millions en or à Sa Majesté le Roi Louis XIV ; voulez-vous avoir la bonté de l'en informer et d'en prendre livraison ?

— Huit millions ! s'écria le gouverneur. Monsieur, la somme est forte ; mais vous en avez pris quarante.

— En effet, répliqua mon père, mais les ordonnances de Sa Majesté portent qu'elle aura seulement le cinquième de toutes les prises : or le cinquième de quarante est huit ; donc...

— Monsieur de Montluc, dit alors le gouverneur en tirant de sa poche un ordre signé, le Parlement de Bordeaux vous a condamné à mort et a confisqué tous vos biens présents et à venir ; donc le galion appartient à Sa Majesté, et, croyez-moi, déposez votre prise à terre, gardez un million si c'est nécessaire, et partez sans plus attendre ! je fermerai les yeux sur votre fuite. »

Mon père réunit l'équipage de l'*Ego-et-Rex* et lui raconta la proposition. Ce fut un immense éclat de rire ou plutôt une huée ; quelques-uns voulaient pendre le gouverneur, d'autres le jeter à l'eau. Mon père lui sauva la vie et le retint à bord en qualité d'otage.

Pendant ce temps il avait envoyé à Sa Majesté un courrier chargé de porter la lettre suivante, qui fut imprimée un mois plus tard dans la *Gazette d'Amsterdam* avec la réponse de Sa Majesté. Voici la lettre :

« La Rochelle, 18 octobre 1653.

« Sire,

« Conformément à l'offre que j'ai faite à Votre Majesté de combattre ses ennemis sur terre et sur mer, j'ai l'honneur de l'informer que son très fidèle sujet le baron Annibal de Montluc, capitaine du brick l'*Ego-et-Rex*, s'est rendu maître du galion des Indes qui venait de Carthagène à Cadix, escorté par la flotte espagnole tout entière. Le butin est de quarante millions, répartis dans un pareil nombre de barils. Le cinquième est de huit millions, que je tiens à la disposition de Votre Majesté.

« Qu'il me soit permis, Sire, d'ajouter à cette heureuse nouvelle un avis qui ne sera pas inutile : c'est celui d'empêcher que le sieur Giulio Mazarini, faquin de naissance, Sicilien d'origine et voleur de profession, ne mette la main sur ce trésor avant qu'il soit entré dans vos coffres.

« Pardonnez, Sire, un conseil que m'inspire mon zèle ardent pour la gloire et les intérêts de Votre Majesté, dont je serai toujours le très respectueux et très dévoué serviteur et sujet.

« MONTLUC. »

Pour réponse, le cardinal Mazarin donna l'ordre d'arrêter le baron de Montluc, et le gouverneur de Saintonge, aidé de quelques troupes, voulut entrer dans la Rochelle. Mais les bourgeois, gagnés par les libéralités de mon père, fermèrent leurs portes. Pendant qu'on parlementait, la nuit vint, et l'*Ego-et-Rex* put sortir du port.

Ayant réussi à éviter l'escadre espagnole, mon père passa sur le continent américain, s'y maria et devint seigneur propriétaire du lac Érié, et de tout le pays dans un rayon de cent lieues. »

A ce moment Beaupoil entra, portant le café, et M. de Montluc s'interrompit.

Je remplis les verres et proposai de boire à la santé de M. le baron, son père, qui sans doute vivait encore, quoiqu'il dût être bien âgé...

« Mon père, reprit le jeune homme, a soixante-dix ans passés, mais, la veille de notre départ pour la France, il a tué d'un coup de carabine et de deux coups de poignard un ours grizzly qui pesait neuf cents livres. Du reste, la chasse est un goût de famille ; ma mère elle-même a fait quelquefois le coup de feu, pendant l'absence de mon père, tantôt contre les ours, tantôt contre les sauvages.

— Comment ! m'écriai-je étonné, est-ce que Mme la baronne... ?

— En Canada, interrompit M. de Montluc, nous ne sommes pas gardés comme des rois ; nous nous gardons nous-mêmes. Si mon père s'est taillé au milieu des forêts une seigneurie plus vaste que l'Anjou, la Touraine, la Bretagne et la Normandie ensemble, c'est à son épée d'abord qu'il le doit, et ensuite au courage de ma mère qui l'a suivi partout jusqu'au jour où, dans le milieu même du lac Érié, il construisit, avec l'aide de ses compagnons, un château ou plutôt une forteresse qu'il appela la Tour-Montluc, en mémoire de la maison de ses ancêtres. Mes sœurs sont toutes mariées au Canada sauf une, plus jeune.

— Oh oui ! s'écria l'Irlandais, Mlle Athénaïs !

— Athénaïs, mon cher curé, dit M. de Montluc en se tournant vers moi, c'est ma plus jeune sœur, et ce pauvre O'Brian a une peur terrible qu'elle ne se marie en son absence.

— Mais, repris-je alors, est-ce que Mme la baronne, votre mère, était Canadienne de naissance ? »

Au lieu de répondre, le jeune baron de Montluc me demanda :

« Monsieur le curé, avez-vous un vicaire ?
— Oui, monsieur.
— Est-il jeune et robuste ?
— Très jeune et très robuste.
— Vous saurez tout à l'heure, continuat-il en riant, pourquoi je vous fais ces questions. Je reviens au mariage de mon père, qui vous intéressera peut-être et vous donnera une idée de la manière dont nous vivons au Canada. »

— Je vous ai dit, continua M. de Montluc, après quelques instants de silence, que mon père avait quitté la France, poursuivi sur terre et sur mer par la haine des deux plus puissants rois de l'Europe. Il est vrai qu'à son tour il était roi sur son brick l'*Ego-et-Rex*; mais ses compagnons se lassèrent bientôt de mener cette vie errante. La prise du galion d'Espagne les avait tous enrichis ; ils voulurent jouir de leur fortune nouvelle. Mon père réunit donc ses fidèles, et il fut décidé que l'*Ego-et-Rex* se dirigerait vers le Canada.

« Nous sommes à quatre-vingts lieues de l'embouchure du Saint-Laurent, leur dit mon père, nous remonterons le fleuve jusqu'à Québec. Je vous mènerai à Montréal, soixante lieues plus loin. Là nous serons en plein Canada, au milieu d'une forêt de quatre cents lieues de long et de trois cents lieues de large, où l'on ne trouve que des ours, des serpents, des cerfs, quelques missionnaires et des sauvages. Nous aurons bien du malheur si le terrain nous manque pour bâtir et si nous ne trouvons pas de femmes pour entrer en ménage. Au besoin, si c'est nécessaire, on épousera les filles des sauvages, après les avoir converties. »

Tout l'équipage cria :

« Vive monsieur le baron de Montluc ! Vive le capitaine ! »

Cinq jours après, l'*Ego-et-Rex* entra dans le golfe du Saint-Laurent et remonta le fleuve, qui est large en cet endroit comme un bras de mer et profond comme un puits de trois cents pieds. A cent cinquante lieues de là il était devant Québec, au pied d'un magnifique rocher qu'on appelle le cap Diamant.

Aussitôt tout le monde voulut mettre pied à terre, mais mon père s'y opposa.

« Il faut voir d'abord, dit-il, si nous serons reçus en amis ou en ennemis ; car Sa Majesté Louis XIV pourrait bien avoir donné l'ordre de nous couper le cou, ce qui est malsain dans cette saison. »

Puis, sans délibérer davantage, mon père mit pied à terre à trois cents pas de la ville avec la moitié de son équipage et, s'approchant du rempart, pria un bourgeois de bonne mine, qui montait la garde, d'avertir M. le comte de Bonneval, gouverneur de la Nouvelle-France (1), que M. le baron de Montluc, son cousin, capitaine de l'*Ego-et-Rex* au service de Sa Majesté, désirait lui présenter ses respects et renouveler sa provision de vivres et d'eau.

« Monsieur le baron, dit le bourgeois de Québec, vous arrivez bien à propos et M. le comte sera bien aise de vous voir. »

En même temps il appela tout le poste aux armes.

En un clin d'œil la nouvelle se répandit dans toute la ville qu'il venait d'arriver de France un renfort considérable, commandé par M. le baron Annibal de Montluc.

A cette nouvelle, tous les bourgeois accoururent, suivis bientôt de la garnison, du gouverneur, de l'évêque et du clergé. Mon père fut un peu étonné d'abord.

Il ne s'attendait pas à recevoir un pareil accueil.

« Mon ami, dit le gouverneur en l'embrassant, c'est Dieu qui vous envoie.

— Monsieur le baron, ajouta l'évêque, vous nous sauvez la vie.

— Pas possible ! s'écria mon père. Vous vous ennuyez donc bien ?

— M'ennuyer, dit le gouverneur. Ah ! plût au ciel que nous n'eussions pas autre chose à craindre !... Savez-vous, mon ami, que tous les matins, depuis trois mois, on s'attend à être égorgé par les sauvages ? Savez-vous que la moitié de la milice bourgeoise passe la nuit sur les remparts pendant que l'autre dort dans les maisons, la main sur ses armes ? Savez-vous qu'on a scalpé avant-hier deux bourgeois qui s'étaient hasardés hors de la ville ? que trois femmes et cinq enfants ont été égorgés la semaine dernière dans un village voisin ! que le Père Langlois, de la Compagnie de Jésus, a été écorché vif, il y a trois semaines, par les Tsonnouthouans ? que le Père Brébeuf a reçu quelques jours auparavant la palme du martyre et que les cinq tribus Iroquoises, aidées secrètement des Anglais du Massachusetts et des Hollandais de la Nouvelle-York, menacent d'assiéger et de brûler Québec ? Savez-vous encore que vous êtes le pre-

mier renfort que Sa Majesté nous ait envoyé depuis dix ans ? »

A ces mots mon père se mit à rire.

« Mon cher comte, dit-il, si le Roi Très-Chrétien savait que je viens d'aborder sur ses terres, il me ferait couper la tête *hic et nunc*, au ras des épaules. » Et il raconta son histoire.

« Puisqu'il en est ainsi, Montluc, nous pouvons nous donner la main et faire alliance, reprit Bonneval en riant ; car, sur mon âme ! si votre tête ne tient guère sur vos épaules, la mienne n'est pas plus solide, et, à mille lieues des rois et des parlements, on est heureux de retrouver, au milieu des sauvages, un ami qu'on n'attendait pas... A propos, dans quelle direction allez-vous ? A l'est, à l'ouest, au nord, au sud ?...

— Je vais à la noce. Avez-vous des filles à marier dans ce pays ? »

M. de Bonneval leva les bras au ciel.

« Hélas, s'écria-t-il, à qui le dites-vous ? Toutes nos filles sont retenues d'avance. Nous en avons fait venir cinquante-deux de France cette année. Le jour de leur arrivée, on les a reçues au son du violon sur le port. L'évêque les a conduites en procession à la cathédrale. On a chanté un *Te Deum*, et trois jours après elles étaient mariées. Nous en avons demandé d'autres... Des filles à marier ! Ah ! vous êtes bien tombé, Montluc ! »

L'équipage de l'*Ego-et-Rex* tout entier poussa un profond soupir.

« Or çà, dit mon père, il n'est pas temps de se lamenter. Aujourd'hui, puisque nous sommes en pays ami, tâchons de nous réjouir. Demain nous irons chercher fortune ailleurs. »

Sur ces sages paroles, tout le monde alla dîner, mon père avec l'évêque chez le gouverneur, comme c'était son droit, et ses compagnons avec les plus riches bourgeois de Québec, qui se disputaient le plaisir de leur donner l'hospitalité.

Comme on allait se lever de table, un sauvage de la tribu des Ériés entra, demandant à parler à M. de Bonneval.

« C'est le Père des prières qui m'envoie », dit-il.

Le gouverneur se tourna vers mon père et lui dit : « C'est le nom que les sauvages donnent au Père Fleury, qui est en mission sur les bords du lac Champlain, à cent lieues d'ici. »

Le sauvage tendit une lettre au gouverneur, qui l'ouvrit sur-le-champ et la lut tout bas d'abord, puis à voix haute :

« *Croix de l'Erable*, au bord du lac Ontario.

« Monsieur le Gouverneur,

« Tout est perdu si vous ne venez à notre secours. Le village a été surpris ce matin au point du jour par une troupe de quatre cents Iroquois idolâtres, parmi lesquels cent cinquante environ sont armés de mousquets que les hérétiques de la Nouvelle-Angleterre

---

(1) C'est l'ancien nom du Canada français.

leur ont vendus pour notre extermination.

« Trente ou quarante de nos prosélytes Eriés ont été massacrés avant d'avoir eu le temps de se mettre en défense. Personne n'aurait échappé, si, par bonheur, M. Champlain, en ouvrant sa fenêtre à quatre heures du matin, n'avait vu les Iroquois se glisser sans bruit sous les pommiers et n'avait sur le champ donné l'alarme. Son frère, éveillé par le bruit, est accouru devant le portail de la grande cour, et tous deux ont sonné de la trompe pour avertir nos fidèles Eriés et leur offrir un asile dans l'habitation, en même temps qu'avec leurs serviteurs ils écartaient les Iroquois à coups de mousquet.

« Cependant, et quoiqu'on ait repoussé le premier assaut, les Iroquois ont bloqué la maison des MM. Champlain. Nos fortifications consistent en une forte palissade, précédée d'un fossé profond.

« Monsieur le gouverneur, si vous pouvez empêcher la semence chrétienne que nous avons jetée dans ce pays de périr étouffée sous les efforts des païens et des hérétiques, si vous voulez sauver la Nouvelle-France et donner à la nation française, au Roi et à notre sainte religion catholique une contrée plus vaste, plus salubre et plus fertile que la moitié de l'Europe, il faut nous envoyer sur-le-champ tous les renforts dont vous pourrez disposer. Dieu veuille que vous n'arriviez pas trop tard !

« FLEURY, missionnaire. »

Au bas de cette lettre était écrit d'une autre main :

« Le Révérend Père Fleury, qui vous a informé de tout, excepté de trois blessures qu'il a reçues, voulait partir avec le messager et demander du secours aux Hurons, nos alliés ; mais il peut à peine se soutenir, tant il est affaibli par la perte de son sang. Nous l'avons donc retenu de force... Nous avons des vivres pour un mois. Passé ce délai, il en sera de nous ce que la Providence aura ordonné.

« CHAMPLAIN aîné. »

La lecture de cette lettre fut suivie d'un long silence. M. de Bonneval, le gouverneur, paraissait consterné, aussi bien que l'évêque et les autres convives.

Le sauvage seul, les bras croisés, regardait tout le monde d'un air impassible.

« Mon père Ononthio, dit-il enfin (Ononthio est le nom que les sauvages donnent à tous les gouverneurs), que répondrai-je à M. Champlain ?

— Que faire ? répliqua le gouverneur. Nous avons à peine assez de monde, de poudre et de munitions pour garder Québec. D'une heure à l'autre les Iroquois peuvent donner l'assaut. »

Mon père prit la parole :

« Mon cousin, dit-il à M. de Bonneval, vous ne pouvez rien faire pour ces braves gens de la *Croix de l'Erable* ?

— Rien. »

Alors mon père se tourna vers le sauvage.

« Est-ce loin d'ici, le lac Champlain ? demanda-t-il.

— Cent lieues.

— Par quel chemin es-tu venu ?

— Je me suis jeté dans le lac, pendant la nuit. J'ai nagé entre deux eaux et surpris un canot des Iroquois. J'ai ramé toute la nuit. Je suis arrivé le matin dans la rivière Richelieu. Elle m'a porté jusqu'au Saint-Laurent et le Saint-Laurent jusqu'ici.

— Quelle est la profondeur de la rivière Richelieu ?

— De dix à trente pieds depuis le lac Champlain jusqu'au Saint-Laurent, répondit le gouverneur.

— Alors, mon cher Bonneval, recevez nos remerciements pour votre généreuse hospitalité. Nous allons partir dans une heure, moi, mon ami Carréguy et tout l'équipage de mon brick, qui ne tire pas plus de six pieds d'eau et qui peut passer partout. »

On veut le retenir. Il n'écoute personne. Il rassemble ses matelots, met à la voile, remonte le Saint-Laurent avec le sauvage, et arrive à la *Croix de l'Erable* précisément à l'heure où l'assaut venait de commencer. Trente ou quarante Iroquois avaient déjà passé par-dessus les palissades et se battaient corps à corps avec les assiégés. Les autres suivaient de près.

Mon père voit le péril. Il range l'*Ego-et-Rex* le long du rivage et fait tirer à mitraille sur les Iroquois. A trente pas de distance, quarante-cinq ou cinquante furent tués ou blessés. Les autres, effrayés et ne sachant d'où leur vient la mort, prennent la fuite. Mon père alors débarque avec ses compagnons, l'épée dans une main, le pistolet dans l'autre, rejette les Iroquois dans le fossé, le traverse sur un pont-levis, en tue encore une vingtaine et sans doute en aurait tué bien davantage si ces sauvages ne s'étaient dispersés dans les bois comme une volée de moineaux poursuivie par un vautour... »

Ici M. de Montluc s'interrompit ; tout d'un coup, frappé d'un souvenir, il chercha dans ses poches, ne trouva rien et s'écria :

« Grand Dieu ! J'ai perdu le paquet de lettres et les instructions de Sa Majesté qui étaient enfermées dans un sac de cuir. Quelqu'un de ces loups, prenant ce cuir pour une chair humaine, l'aura déchiré sans doute et emporté au fond des bois pendant la bataille.

— Qu'allons-nous faire ? dit lord Kildare. Des instructions si importantes ! Et si pressées !... Si le roi le savait, il nous ferait mettre à la Bastille tous deux pour cent cinquante ans. »

Le Canadien réfléchissait. Tout à coup il se leva et dit : « Il faut immédiatement retrouver ce paquet. Attends-moi là, Kildare.

— Que veux-tu faire ?

— Parbleu ! retourner sur le champ de bataille. Ici, Phœbus ! »

Il ouvrit la fenêtre, étendit la main vers le sud-ouest, du côté de Tulle, comme pour chercher d'où venait le vent, et, regardant son chien, un magnifique terre-neuve aux longs poils, soyeux, demi-noir, demi-blanc, qui le regardait fixement avec des yeux presque humains :

« Phœbus ! » dit-il.

Le chien se dressa vivement, agitant la queue d'un air d'intelligence.

« Tu vois ce que j'ai perdu ! »

Et il lui montra du doigt un reste de

et, d'un bond tout pareil, tomba debout sur ses pieds, dans la neige profonde.

Marion poussa un cri de frayeur et d'admiration, pendant que M. de Montluc disait à son ami :

« Donald, jette-moi mon épée par la fenêtre, et vous, monsieur le curé, attendez-

MON PÈRE TOMBA FRAPPÉ D'UNE BALLE

lanière de cuir qui pendait encore à son ceinturon. Phœbus aboya.

« Eh bien, Phœbus, il faut aller le chercher tous les deux. »

Puis se tournant vers moi : « Monsieur le curé, dit-il, laissez-nous passer. Donnez la clef. »

Je répliquai : « Monsieur le baron, vous allez à une mort certaine. Vous serez la proie des loups. Demain matin, avec les gens du village, nous irons à la recherche de vos dépêches. »

Et je résistai avec fermeté à ses prières et à celles de lord Kildare, qui voulait le suivre et qu'il força de rester au coin du feu.

« Puisque rien ne peut vous convaincre, mon cher curé, dit-il enfin, je prends le seul chemin qui me reste. »

Et montrant au chien la fenêtre ouverte : « Va, dit-il, va le premier, Phœbus ! »

Sans hésiter, le chien sauta par la fenêtre du premier étage et disparut.

Alors le jeune gentilhomme prit son élan

moi pour le café. Je serai à vous tout à l'heure. »

Lord Kildare obéit et le Canadien suivit les traces de Phœbus.

Je m'écriai en refermant la fenêtre : « Votre ami est perdu ! »

Kildare se mit à rire. « Perdu ! lui ! dit-il. Vous ne connaissez pas Montluc ! Tout à l'heure, il ne vous a parlé que de son père par modestie ; mais s'il voulait parler de lui-même, vous en auriez pour trois jours à entendre le récit de ses exploits. Ah ! il est de bonne race, mon ami Montluc, et il a de qui tenir ! Faites-lui raconter seulement comment il est venu de Québec en France le mois dernier et comment à nous trois, lui, moi et Phœbus (car Phœbus en était), nous avons pris une frégate à l'abordage. »

Je priai lord Kildare de le raconter lui-même, et il y consentit.

« D'ailleurs, ajouta-t-il, cela nous fera prendre patience en attendant le retour de Montluc et le café. »

III. — COMMENT LORD KILDARE S'ATTIRE UNE MAUVAISE AFFAIRE.

AVANT tout, dit lord Kildare, il faut que je vous raconte comment j'ai fait la connaissance de mon ami Montluc.

Mon père, qui s'appelait comme moi Donald, était comte de Kildare, ainsi que mon grand-père et tous mes aïeux l'ont été depuis cinq mille ans, car la race des O'Brian est deux fois plus ancienne que celle d'Abraham. Malheureusement mon grand-

père, qui était catholique et royaliste, périt en combattant pour sa religion et pour l'Irlande contre Cromwell. Ses biens furent confisqués et donnés à de mauvais coquins d'Anglais. Sous Charles II, mon père, revenu d'exil, en reprit les armes à la main une portion et fit pendre tous ceux de ces coquins qu'il put saisir. C'était bien naturel, n'est-ce pas ?... Malheureusement il se fit tuer à son tour au passage de la Boyne, le jour où Jacques II prit la fuite devant l'usurpateur Guillaume.

J'avais vingt ans alors et je faisais le coup de feu à côté de mon père, quand il tomba, frappé d'une balle. Je rejoignis l'armée qui retournait à Dublin. De là, le vainqueur ayant confisqué l'héritage de mon père et mis ma tête à prix, je fus forcé de fuir en France.

Le roi Louis XIV me donna le commandement d'une compagnie irlandaise, que j'avais levée parmi les tenanciers des O'Brian. J'étais à Steinkerque, et là je rendis aux Anglais les coups que nous avions reçus d'eux en Irlande...

J'étais donc à la solde du roi de France, moi, Donald O'Brian, comte de Kildare, descendant des anciens rois d'Irlande, et je tuais le plus d'Anglais qu'il m'était possible, lorsqu'on m'envoya au Canada, que les Anglais menaçaient d'une invasion. Je partis avec mes Irlandais. C'est là que je fis connaissance du père de M. de Montluc. Voici dans quelles circonstances :

Le gouverneur du Canada m'avait mis avec mes Irlandais en garnison dans le fort de Catarocouy, à l'entrée du lac Ontario. Imaginez-vous cinq étangs qui se verseraient l'un dans l'autre en traversant une grande forêt. Du dernier étang sort un ruisseau qui va tout droit dans l'océan Atlantique. Mais les cinq étangs Supérieur, Huron, Michigan, Erié, Ontario, sont des lacs, dont le plus grand, a cinq cents lieues de tour et sept ou huit cents pieds de profondeur.

Le plus petit, l'Ontario, moins profond de moitié, a trois cents lieues de tour. La forêt, ce sont les Canadas haut et bas. Le ruisseau, c'est le fleuve Saint-Laurent, large d'une lieue au moins à sa sortie du lac Ontario, et de trente lieues environ à son embouchure dans l'Océan. La profondeur est tantôt de soixante, tantôt de cent, deux cents, trois cents pieds...

Le gouverneur du Canada, M. de Frontenac, m'avait dit en partant : « Surtout, monsieur de Kildare, prenez garde aux Indiens. Vous êtes sur la frontière. A tout moment on voudra vous surprendre. Les Anglais et les Iroquois sont tout près. Vous pouvez être massacré avec tous vos hommes un mois avant que j'en reçoive la nouvelle...

— Monsieur le comte, répliquai-je, soyez sûr que jamais un O'Brian ne se laissera surprendre, et que si les Anglais viennent m'attaquer, ils trouveront à qui parler. »

Comme j'allais prendre congé, M. de Frontenac me rappela et dit : « Au moins, si vous êtes en danger, faites avertir M. le baron de Montluc, votre voisin. C'est un gentilhomme plein d'honneur, de courage et d'expérience, que tous les sauvages craignent et respectent presque à l'égal d'un dieu. Son amitié vous vaudra mieux qu'une armée de six mille hommes. »

Là-dessus, sans répliquer, je pars, me souciant aussi peu de faire connaissance avec le baron de Montluc qu'avec le chah de Perse.

La jeunesse est présomptueuse. Il me semblait qu'un O'Brian n'avait rien à craindre de qui que ce soit.

J'arrive à Catarocouy, un carré long, composé de sept ou huit baraques de bois, entouré d'un rempart et d'un fossé du côté de la terre et d'une palissade du côté du lac Ontario. Quatre petits canons aux quatre coins. Le fort n'était pas difficile à prendre, mais le pays était tranquille. Mieux même que tranquille, car je n'avais trouvé là que des amis. Les Hurons me faisaient fête. Les Algonquins m'appelaient leur père. Les Iroquois m'invitaient à chasser l'ours, le daim, le chevreuil dans leurs forêts.

Ces Algonquins surtout m'étaient dévoués. J'en voyais venir trente ou quarante chaque matin, dans le fort, pour m'offrir leurs compliments et me demander quelques bouteilles de bonne eau-de-vie de France. A la fin, voyant ma provision diminuer et mes soldats murmurer qu'on donnât tout à ces sauvages, je refusai net de continuer ces libéralités, et les Algonquins disparurent. Pendant un mois je n'en eus plus aucune nouvelle.

Tout à coup, un soir, au coucher du soleil, comme je me préparais à faire une partie de pêche avec quatre ou cinq de mes hommes, voilà que le portier du fort, un vieux Canadien de race française, appelé Brise-Caillou, regardant par-dessus le parapet du côté du lac, s'écrie : « Aux armes ! aux armes ! voilà l'ennemi ! »

Quel ennemi ? Je crus qu'il devenait fou. Je montai sur le parapet et je braquai ma lunette d'approche sur le lac. Une flottille de vingt ou trente barques venait à nous, en effet, faisant force de rames.

C'étaient mes amis, les Algonquins. Je les reconnus sans peine à la forme et à la légèreté de leurs barques, qui glissaient comme des cygnes, sur le lac Ontario.

« Voyez-vous, monsieur, me dit Brise-Caillou, ces gens-là ont une dent contre vous depuis que vous leur avez refusé de l'eau-de-vie, et ils viennent vous scalper...

— A quel signe voyez-vous ça ?

— Ils n'ont ni femmes, ni enfants avec eux. Ça, c'est comme s'ils avaient écrit sur leur front : Attention ! l'on va vous manger le nez ! »

Brise-Caillou avait raison. A mesure que les barques s'approchaient, je pouvais compter les Algonquins. Ils étaient environ cent ou cent vingt, lestement équipés, comme pour la fête ou la bataille. Je fis armer toute ma troupe — quarante hommes à peu près, — je plaçai chacun à son poste et j'attendis avec inquiétude ce qui allait arriver.

Au moment où je m'apprêtais à donner le signal du combat, les canots des Algonquins n'étant plus qu'à cinquante pas du mur du fort, dont la base se baigne dans le lac, profond à cet endroit de plus de cinq cents pieds, le plus grand des canots se détacha, et un chef de haute mine, ma foi, faisant signe aux autres de rester immobiles, s'avança vers le quai, suivi de deux compagnons. Il avait sa carabine à la main et son tomahawk (je veux dire sa hache) sur l'épaule, comme un guerrier renommé. Il fut bientôt à terre, et, m'ayant salué majestueusement, il me dit que, selon l'usage, lui et ses compagnons venaient me présenter leurs hommages et fumer avec moi le calumet de paix.

Mon gentilhomme eut la politesse d'ajouter qu'étant sur le point de partir pour une grande chasse dans les montagnes du Vermont, lui et ses compagnons m'offraient de venir avec eux. Et il s'assit à terre, les jambes croisées et repliées sous lui, comme un tailleur ou comme un homme qui se croit chez lui et qui n'a pas besoin de se gêner. Ses deux compagnons l'imitèrent, et tous les trois avaient l'air d'attendre qu'on apportât les calumets d'alliance et le ratafia.

Franchement, je ne savais que faire. Remettre ce gentilhomme et ses deux compagnons dans leur canot était facile, mais c'est un affront que les sauvages ne pardonnent pas, car ils sont orgueilleux et vindicatifs. Les recevoir avec leurs compagnons, c'était livrer à l'ennemi une place dont j'avais le commandement, et déshonorer par une lâcheté, qui aurait eu les apparences d'une trahison, le nom des O'Brian de Kildare.

Je gardai le silence pendant deux minutes

Le gentilhomme algonquin, qui s'appelait Pied-de-Cerf, comme je l'appris plus tard, à cause de la légèreté de sa course, ne fit pas semblant de s'apercevoir de ma défiance. Il me remercia très poliment de l'avoir invité, comme si j'avais été libre de faire autrement, et il retourna vers sa troupe avec ses deux compagnons, pour rendre compte de son ambassade. Il fut accueilli par des cris de joie, que j'entendis du rivage, et tous mes Algonquins se hâtèrent de débarquer et de se rendre dans la clairière.

Pendant ce temps, Brise-Caillou me dit : « Monsieur, que comptez-vous faire ?

— Ce que j'ai promis, Brise-Caillou ! Je vais fumer quatre ou cinq calumets là-bas. Un O'Brian de Kildare n'a que sa parole.

— Eh bien ! et nous, que ferons-nous, pendant ce temps-là ?

— Trente resteront pour garder le fort. Les autres, bien armés, viendront avec moi dans la clairière. Là, si l'on nous attaque, nous pourrons nous défendre et faire retraite. »

Brise-Caillou secoua la tête et dit : « Monsieur, c'est le pire que vous puissiez faire. Avec ces gens-là, il faut être tout à fait ami ou tout à fait ennemi... Si vous êtes ami, il faut leur donner à boire autant que vous pourrez ; si vous êtes ennemi, il faut leur tirer des coups de fusil. »

Il se gratta la tête un instant et reprit, en poussant un profond soupir :

« Ah ! si je savais où trouver Montluc le Rouge, ou si seulement il pouvait deviner dans quel danger nous sommes, c'est lui qui nous tirerait d'embarras ! En un clin d'œil, il vous retournerait tous ces sauvages comme un gant... Mais voilà... où est-il maintenant ?

— Sais-tu où il demeure ? On pourrait aller le chercher.

— Ah bah ! La maison de son père, le vieux baron, est à plus de cent cinquante lieues d'ici, au milieu du lac Érié. Avant qu'il soit averti, nous serons tous dans la poêle à frire. »

J'essayai de rassurer Brise-Caillou. Je lui dis qu'avec quarante hommes résolus et quatre petits canons chargés à mitraille, nous viendrions bien aisément à bout de cent vingt Algonquins

Il répondit. « Ceux-là ne sont que l'avant-garde. Les autres sont dix fois plus nombreux et vont arriver dans une heure ou deux. Je les connais bien !... allez !... »

Alors je pris bravement mon parti. Je dis à mon lieutenant : « Kircaldy, prenez le commandement Je vais aller seul là-bas. Si les Algonquins méditent quelque trahison contre moi, ne vous occupez de rien, excepté de soutenir l'assaut et de les empêcher d'entrer dans le fort. Adieu, et surtout prenez conseil de Brise-Caillou, qui est homme de bon sens et qui connaît le pays. » Sur ce, je sortis du fort. Arrivé au milieu des Algonquins, je m'assis sur un tronc d'arbre.

Je pris la parole le premier, pour répéter en peu de mots ce que j'avais dit à Pied-de-Cerf, et leur exprimer le plaisir que j'avais de les revoir. Ce discours, que traduisit le chef, produisit le meilleur effet. Il répondit au nom de ses amis que leur joie surpassait encore la mienne, et qu'ils étaient heureux de voir que le léger nuage qui s'était élevé entre nous allait enfin se dissiper.

C'est alors qu'il rappela l'affront que j'avais fait, un mois auparavant, à toute la tribu, en leur refusant deux barriques de bonne eau-de-vie dont ils savaient que le fort était pourvu. Une huée générale s'éleva contre moi à ce souvenir, et je commençai à me croire perdu. Je ne pouvais pas résister, étant seul et n'ayant pour me défendre que mon épée et deux pistolets. Quant à céder et donner à ces sauvages les deux barriques d'eau-de-vie qu'ils demandaient, c'était leur faire croire que j'avais peur et redoubler leur insolence. Je crus qu'il valait mieux montrer de la fermeté.

Je répliquai donc que je ne reviendrais jamais sur ma résolution, que j'étais l'ami des Algonquins, tout prêt à fumer avec eux le calumet de paix et d'alliance, mais que, pour mon eau-de-vie, ils n'en goûteraient pas.

Ma réponse fut suivie d'une clameur épouvantable. Tous les Algonquins se levèrent, brandissant leurs haches, poussant leur cri de guerre et se précipitant sur moi. Sans attendre qu'on eût essayé de me saisir, je tirai de ma ceinture un pistolet que je mis dans ma main gauche ; de la droite, je tirai mon épée, je sautai d'un bond par-dessus le tronc d'arbre sur lequel j'étais assis au commencement de la conférence, et je courus droit au fort en criant à mes Irlandais : « Ouvrez ! ouvrez ! » ce qu'ils firent sur-le-champ. Mais je n'étais pas hors d'affaire pour cela. Les Algonquins, aussi lestes que moi, me suivaient de près, et un chef qui s'était placé d'avance sur mon chemin, pour me couper la retraite, essaya de m'arrêter. Il me donna au passage un coup de hache qui devait me fendre la tête, et qui, par bonheur, ne fit que jeter à terre mon chapeau. Je ripostai par un coup de pistolet tiré à bout portant et qui fit reculer mon homme. Je n'étais plus qu'à vingt pas de la porte, et ces vingt pas furent faits en deux secondes. Brise-Caillou, qui la tenait ouverte, m'attendait et, quand je fus rentré dans le fort, la referma. On leva le pont-levis et, mes bons amis les Algonquins, lancèrent contre les murs et le parapet des milliers de flèches et de malédictions.

Heureusement, les Algonquins, renforcés par les nouveaux arrivants, soit qu'ils voulussent nous donner quelque sécurité d'abord, et ensuite nous surprendre, soit qu'ils fussent occupés à délibérer, se tinrent en repos toute la nuit. Pour moi, je gardai la moitié de ma troupe sous les armes et je laissai dormir l'autre sur les peaux d'ours et d'élans qui nous servaient de lit de camp.

Au lever du soleil tout le monde se trouva debout, et le feu commença de part et d'autre.

Tout à coup, Brise-Caillou vint à moi d'un air triomphant, et me dit tout bas: « Nous sommes sauvés, monsieur : Montluc le Rouge vient à notre secours. » Et me conduisant du côté du lac, il me fit voir au loin un bateau à voiles qui avançait rapidement vers nous.

A mon grand étonnement, je vis le bateau se détourner du fort pour aller droit, au milieu des coups de fusil, vers le camp des Algonquins. « Monsieur, dit Brise-Caillou, qui était devenu mon conseiller principal, n'ayez pas d'inquiétude. M. le baron de Montluc a commencé par le plus pressé. »

Brise-Caillou avait raison, car en un clin d'œil le feu des sauvages cessa, les acclamations éclatèrent de tous côtés, et Montluc me fit l'effet d'un roi qui rentre dans sa capitale. Je ne sais ce que Montluc put dire aux Algonquins, mais il ne tarda pas à se présenter seul devant la porte du fort de Catarocouy, qui lui fut ouverte toute grande par le Canadien.

Il vint à moi sans façon, et me dit :

« Monsieur, vous êtes lord Donald O'Brian, comte de Kildare et lieutenant du roi de France au Canada, n'est-ce pas ?

— Oui, monsieur.

— Moi, je suis le baron Louis de Montluc, fils du baron Annibal, dont le château de la Tour-Montluc est bâti au milieu du lac Érié, dans l'île des Tortues, à cent soixante lieues d'ici, à l'ouest. Ma mère, Française par son grand-père, M. Champlain, celui qui a fondé Québec, est fille du dernier grand chef des Ériés, qui habitaient sur le lac de ce nom et s'étendaient jusqu'ici... J'ai donc du sang de Champlain et d'Érié dans les veines, aussi bien que du sang de Montluc ; mon bisaïeul le sauvage fut l'hôte et l'ami de mes aïeux français, et c'est pour cela qu'on m'appelle partout Montluc le Rouge. »

Montluc, apercevant le Canadien près de moi, lui serra la main, en disant :

« C'est toi, Brise-Caillou ?... Ferme la porte derrière nous, car nous allons sortir, M. de Kildare et moi.

— Pour quoi faire ? demandai-je.

— Pour parler aux Algonquins.

— Mais...

— Oui, je sais, reprit Montluc en souriant, ils m'ont dit ce qui s'était passé et qu'ils avaient voulu vous scalper cette nuit. Par bonheur, je m'en doutais. Hier matin, vers sept heures, je chassais l'ours à quarante lieues d'ici, quand on m'a dit par hasard que mes amis, les Algonquins, préparaient une expédition... contre qui ? Personne ne savait. Mon père, Annibal (à qui, sans reproche, vous devez une visite de voisin), m'avait dit : « Kildare est un bon gentilhomme, mes amis de France m'en ont écrit du bien, mais un étourdi. Il croit n'avoir besoin de personne. Il va, sans le savoir, offenser les Algonquins, il se fera quelque mauvaise affaire dont les Anglais profiteront. Prends-y garde et veille sur lui. ». Je chassais donc hier matin, quand on m'avertit de l'affaire. J'étais alors dans les bois, j'arrive en toute hâte au village principal des Algonquins. On me dit que tous les guerriers étaient partis pour couper le cou et à vous et à vos hommes ; je fais force de voiles, et j'arrive à temps, comme vous voyez. »

IV. — LE CHATIMENT DU TRAITRE

PLEIN de confiance dans le crédit qu'il avait sur les sauvages, je le suivis dans la clairière où les Algonquins l'attendaient d'un air joyeux. Quand il entra dans le cercle des guerriers, ce furent des acclamations sans nombre. Vous auriez cru qu'il était le chef naturel de tous les sauvages présents.

Il s'assit et me fit asseoir à côté de lui sur le tronc d'arbre où je m'étais assis la veille et d'où j'avais été obligé de fuir pour sauver ma vie. Puis, ayant fait signe de la main qu'il voulait parler, il dit :

« Frères Algonquins, je vous présente M. de Kildare, gentilhomme irlandais au service du roi de France, et mon ami particulier, pour que vous le receviez comme un allié et pour qu'à l'avenir, il n'y ait plus aucun sujet de guerre entre vous et lui. »

Alors plusieurs voix confuses expliquèrent l'affront que j'avais fait aux Algonquins, en leur refusant deux barriques d'eau-de-vie, quand le fort Catarocouy en contenait des centaines.

Je protestai qu'il n'y en avait que deux, et

que j'avais ordre du roi de les garder pour ma troupe.

Après un tumulte de quelques minutes, une voix, dont l'accent européen me frappa, sortit de la foule.

« Après tout, disait cette voix, les Anglais de Boston ont du whisky qui vaut bien l'eau-de-vie du roi de France, et qu'ils nous donneront en abondance pour nos peaux d'ours et de renard ! »

Ce discours fit le plus grand effet sur tous ceux qui l'entendirent, et je ne savais moi-même qu'y répondre, car c'était la pure vérité. Je pensai en moi-même : « Que va répondre mon nouvel ami ? »

Mais je connaissais mal Montluc, le croyant embarrassé pour si peu. Pendant que l'autre parlait, caché au troisième rang de la foule, Montluc l'avait aperçu et reconnu. D'un bond, il sauta par-dessus les deux premiers rangs, saisit par les oreilles l'homme accroupi, l'enleva de terre sans effort, et le jeta, malgré ses cris, au milieu de l'assemblée, par-dessus la tête des Algonquins. Je vis alors avec étonnement que c'était un homme grand et blond, de figure allemande plutôt qu'anglaise, et qui ne ressemblait en rien aux autres Algonquins.

Après avoir fait désarmer et lier son prisonnier, Montluc se tourna vers l'assemblée et dit : « Frères Algonquins, je devine tout. Je sais qui vous a excités contre la France, contre le roi, contre mon ami Kildare : c'est cet homme, cet ancien déserteur des armées allemandes, aujourd'hui espion au service des Anglais, ce Kronmark... Est-ce lui ? dites, est-ce vrai ?

— Oui, c'est vrai ! » cria-t-on de toutes parts.

Le coup de vigueur de Montluc avait en une minute retourné toute l'assemblée.

« Cet homme, continua-t-il, est un traître qui veut vous mettre en guerre avec vos amis et vous livrer à vos ennemis. Est-ce vrai ?

— Oui, c'est vrai !

— Eh bien, vous jugerez tout à l'heure le crime qu'il a voulu commettre contre vous. Quant à celui qu'il a commis contre moi, je ne pardonne pas, je méprise ! Du reste, vous ne perdrez rien. Les caves de la Tour-Montluc sont abondamment garnies. Vous vouliez arracher deux barriques à M. de Kildare, qui ne pouvait pas vous les donner. Je vous en offre dix, moi, que je prendrai chez mon père. Venez les chercher. Suivez-moi. »

Cette proposition fut accueillie par de véritables hurlements de joie.

« Frères Algonquins, continua Montluc, l'homme qui a tenté de désunir deux amis et de les obliger par des mensonges à s'entre-tuer sur le champ de bataille, quelle peine mérite-t-il ?

Tout le monde cria :

« La mort ! »

Montluc poussa l'espion du pied et lui dit : « Tu l'entends, Kronmark ? »

L'autre poussa un gémissement sourd et de ses dents essaya de couper les cordes dont il était lié, mais les Algonquins le forcèrent à coups de verges à se tenir tranquille.

Le misérable eut pourtant la force de crier : « Grâce ! grâce ! »

Montluc étendit la main et dit :

« Si vous le voulez, frères Algonquins, je vais interroger cet homme sur ses complices, et la sincérité de ses réponses décidera de son sort... Dites... Le voulez-vous ?

— Nous le voulons ! »

Et en effet, outre que son avis était de bon sens, ce diable de Montluc a le don de persuader aux sauvages tout ce qu'il lui plaît.

« Et souviens-toi, avant de parler, dit Montluc à cet homme, qu'au premier mensonge tu seras pendu. »

Le prisonnier fit signe qu'il se souviendrait, et Montluc lui demanda d'où il venait.

« De Boston, ville fameuse du Massachusetts, dans la Nouvelle-Angleterre.

— Envoyé par qui ?

— Par le gouverneur, Sir Robert Carroll.

— S'il avait reçu de l'argent ?

— Il avait reçu cinq mille livres sterling.

— Données par qui ?

— Par le gouverneur Carroll et par l'assemblée de la colonie.

— Quelles étaient ses instructions ?

— De semer la discorde et les querelles entre les Indiens du Canada, surtout les Iroquois et les Algonquins d'un côté et les Français de l'autre, afin de les obliger à s'exterminer réciproquement et à laisser la terre aux Anglais.

— S'il avait réussi dans sa mission ?

— Il avait réussi chez les Iroquois, qui avaient d'abord besoin de s'entendre pour la conduite de la guerre... il allait réussir chez les Algonquins, lorsque l'arrivée de Montluc avait dérangé tous ses plans.

— C'est bien, reprit Montluc, nous ne voulons pas en savoir davantage. Pour moi, en échange de tes révélations, je te fais grâce. C'est à mes frères Algonquins de voir ce qu'ils voudront décider de toi. »

Mais Pied-de-Cerf et les autres voulaient qu'il fût pendu. Quelques-uns même demandaient à l'écorcher vif et déjà repassaient leurs couteaux sur le rocher.

« Voyons, frères Algonquins, un bon mouvement ! dit Montluc. Contentez-vous de le scalper sans le tuer, et laissez-le aller dans son pays. Il y portera sur sa vie sur son crâne pelé le souvenir de votre générosité. »

Il y eut un moment d'incertitude, puis on accepta la proposition, et dix des guerriers les plus renommés tirèrent au sort à qui aurait l'heureuse chance de scalper l'Allemand. Pied-de-Cerf enfin l'emporta, et, d'un air joyeux, souriant, empressé, il tira son couteau, entraîna le prisonnier à l'écart, et lui enleva prestement son scalp, malgré les hurlements du misérable.

Puis il revint avec ce trophée sanglant pendu à la ceinture. »

Ici, lord Kildare se tourna vers Marion, qui l'écoutait bouche béante, tendit son verre et dit en riant :

« Voilà, belle Marion, c'est ainsi que j'ai

fait connaissance avec mon ami Montluc, absolumenɩ comme celui qui se noie fait connaissance avec celui qui lui tend la perche et le ramène à bord.

Il ne se contenta pas de nous avoir tirés

vages fournirent le rôti (ce n'est pas ce qui manque au Canada) et après le festin firent leurs préparatifs de départ. On mit l'espion Kronmark en liberté, on chargea son bissac.

Aussitôt que Kronmark fut hors de portée

PIED-DE-CERF REVINT AVEC CE TROPHÉE SANGLANT

d'affaire, il voulut à toute force nous réconcilier avec les sauvages — ses frères Algonquins, comme il le disait, — et il y réussit parfaitement. Il m'en coûta une centaine de bouteilles de bonne eau-de-vie, qu'il promit d'ailleurs de remplacer à ses frais. Les sau-

de la voix, Montluc prit la parole et dit :

« Frères Algonquins, nous sommes entre nous maintenant, et nous pouvons parler haut. Vous étiez partis pour aller, non pas en chasse, mais en guerre. Vous vouliez prendre d'assaut Catarocouy, égorger mes amis les Irlandais, faire plaisir à vos ennemis et aux miens, les Anglais et les Iroquois!... C'est vrai, n'est-ce pas ? »

Les sauvages, honteux, gardèrent le silence.

« Dans la baie d'Hudson, les Anglais ont bâti un fort. Ils ont placé là cinq cents soldats pour le garder, et deux frégates de guerre, chacune de cinquante canons... On ne nous attend pas. Nous surprendrons l'ennemi, nous entrerons dans le fort, nous prendrons les frégates à l'abordage... Et nous dînerons, car les Anglais ont toujours des amas de pouding et de rosbif... Enfin, car je n'ai pas besoin de tout dire d'avance nous serons maîtres des magasins de la Compagnie de Londres, et nous aurons assez de marchandises pour acheter cent mille barriques de la meilleure eau-de-vie de France, si c'est notre goût. » (Ah! certes! oui, c'était leur goût et leur désir! A cette pensée, leurs bouches se fendaient de rire et leurs yeux étincelaient en plein jour comme ceux des loups dans l'obscurité.)

On convint donc de le suivre dans la baie d'Hudson et d'abord d'aller prendre les ordres du vieux Montluc le père, qui était le chef reconnu et respecté de tous les sauvages amis de la France et en particulier des Algonquins.

Montluc me dit: « Remettez le commandement de votre garnison à votre lieutenant Kircaldy, et venez avec moi, Kildare. Il y a place dans ma barque pour un ami. D'ailleurs, vous serez bien aise de faire connaissance avec mon père, et d'être présenté aux dames. »

Lord Kildare interrompit son récit pour boire la tasse de café que venait de lui servir Marion.

A ce moment une voix forte retentit au dehors :

« Marion! Marion! s'il reste encore un peu de café pour moi, ouvrez-moi la porte au nom du ciel! Phœbus et moi, nous sommes quasi gelés. Mais j'ai retrouvé mes dépêches, Dieu merci! »

C'était M. de Montluc. Beaupoil et Marion s'empressèrent de descendre et de lui ouvrir. Il expliqua que Phœbus l'avait conduit tout droit sur le champ de bataille et y avait découvert le sac à dépêches. « Marion, ajouta-t-il, votre café est excellent... »

A ces mots, Marion, glorieuse et modeste à la fois, répondit:

« Monsieur le baron, vous êtes bien bon. J'ai fait de mon mieux... Vous savez... quand on fait ce qu'on peut, on fait ce qu'on doit.

— Bien parlé, Marion! Eh bien, je veux vous en donner de ma main deux ou trois balles et du meilleur (après le vôtre, bien entendu), et qui viendra de Moka en droite ligne, en faisant le tour de l'Afrique, et qui ne me coûtera, comme à vous, qu'un grand merci... Cela vous étonne, monsieur le curé?

— Pas trop, monsieur... Je suppose que vous avez une terre dans ce pays-là et que vos fermiers... »

A ces mots, Montluc et Kildare éclatèrent de rire.

« Une terre! s'écria Montluc... Des fermiers!... J'ai mieux que cela, monsieur le curé. J'ai un ami! mon ami Gandar, de Marseille. Cet ami, qui est riche, a fait construire un petit brick plus léger que le vent. En temps de guerre, comme à présent, il va écumer la mer, et il enlève tous les vaisseaux marchands, anglais ou hollandais, qui reviennent des pays lointains. Il prend tout ce qu'il y a de meilleur dans les cargaisons, le café, la soie, l'ivoire, l'or et l'argent comptant. Il met les marchands à terre avec le reste sur la côte la plus proche, en ayant soin de toujours brûler leur vaisseau pour les empêcher de revenir en Europe avant deux ou trois ans, et il fait, ma foi, de bonnes affaires. Le roi aussi, du reste, car le roi en prend sa part. Aussi ses magasins de Marseille sont toujours pleins et il peut faire des cadeaux à tous ses amis.

— Alors, monsieur de Montluc, c'est à ce titre que vous en avez votre part?

— Précisément, monsieur le curé. A mon dernier voyage en Europe, j'ai eu l'occasion de lui rendre un léger service avec l'aide de Kildare et de Phœbus...

— Comment! de Phœbus?

— Oui, mon cher curé, de Phœbus. Mais je vous raconterai cela plus tard. De quoi parlez-vous, quand je suis arrivé, Donald?

— Je racontais, répondit M. de Kildare, ma première visite chez ton père, au château de la Tour-Montluc.

— Ah! ah! dit le baron en riant. Eh bien, continue, si cela ne fatigue pas trop monsieur le curé. »

V. — M. DE KILDARE ARRIVE AU CHATEAU DE MONTLUC

LORD Kildare reprit son récit en ces termes: « C'est un samedi soir du mois d'avril de l'année dernière (je m'en souviendrai toute ma vie), que nous arrivâmes, Montluc et moi, suivis de douze cents Algonquins, en vue de l'île des Tortues.

Il était à peu près cinq heures et demie, et je regardais avec étonnement le château de la Tour-Montluc, car c'est bien un château véritable, fait sur le modèle de ceux de France, avec quatre grosses tours aux quatre coins et deux tourelles en poivrières collées à chacune des grosses tours, comme des limaçons à un pommier. La seule différence de celui-ci à ceux d'Europe, c'est qu'il était en bois de fer, et que ni le mortier ni la pierre n'entraient pour rien dans sa construction.

Ce qu'il y avait de plus étonnant dans le château de la Tour-Montluc, c'était sa situation sur un rocher isolé, perpendiculaire, haut de soixante pieds, entouré de trois côtés par le lac Érié, et ne communiquant avec le reste de l'île que par un chemin de trente pieds de large, en pente douce, qui montait au rempart. Là, bien entendu, avant d'entrer, on devait d'abord franchir un fossé large et profond, rempli des eaux du lac, sous le feu de deux petits canons chargés à mitraille.

A cinq cents pas de l'île, nous vîmes qu'on nous avait aperçus et qu'on se préparait à nous recevoir.

Montluc sonna de la trompe, comme un chasseur dans les bois. Un cor de chasse lui répondit du haut du rocher.

« Mon père est là, dit Montluc. Je craignais qu'il ne fût en chasse ou en voyage, suivant sa coutume. Il a dû recevoir de mauvaises nouvelles des Iroquois et il veille. Peut-être est-il inquiet de moi; je vais le rassurer. »

En même temps, il sonna l'hallali avec sa trompe. Le cor de chasse lui répliqua par un air joyeux, et comme nous approchions de la Tour-Montluc, je vis un grand et vénérable gentilhomme, à moustache et barbiche blanches, habillé à la mode du feu roi Louis XIII, qui, debout, appuyé sur le parapet, près d'un canon, nous regardait entrer dans la baie, au pied de la Tour-Montluc. C'était le baron Annibal, l'ancien adversaire du grand Condé, de Turenne et de Mazarin, le vainqueur du fameux Don Carlos de Santa-Cruz, almirante de Castille, le plus fier et le plus imposant gentilhomme que j'aie rencontré dans les deux mondes.

Après que mon ami, Louis de Montluc, que vous voyez là, eut donné des ordres pour le débarquement et la réception des Algonquins, il me prit par le bras et me présenta à son père, qui me reçut (dois-je le dire?) comme un roi reçoit son sujet et comme un père reçoit son fils.

Après les premiers mots, il me dit: « Monsieur de Kildare, vous êtes ici chez vous... On m'avait annoncé votre arrivée. Le Père Fleury, mon chapelain, qui sait tout, savait que vous veniez de France, et que M. de Frontenac, le gouverneur de Québec, vous avait donné des lettres de recommandation pour moi... Où sont ces lettres? »

J'avouai, un peu honteux, que je les avais laissées à Catarocouy. Le vieux Montluc sourit.

« Il n'y a pas de mal, dit-il. Vous n'étiez pas pressé de faire connaissance avec un vieux gentilhomme qui date presque du siècle dernier, n'est-ce pas?... Attendez encore un peu, et vous verrez qu'en ce pays, on a besoin tous les jours de tous ses amis, même de ceux qu'on ne connaît pas.

— Monsieur le baron, me hâtai-je de dire, la garnison de Catarocouy et moi, nous devons déjà la vie à votre fils. »

Et je racontai en peu de mots le danger que nous avions couru et dont nous avions

été si heureusement tirés par M. Louis de Montluc. Le vieux baron de Montluc répondit gravement que son fils n'avait fait que son devoir, ayant d'ailleurs droit de haute et basse justice sur le lac Ontario, comme sur le lac Érié, à la condition de reconnaître la suzeraineté du roi de France.

« Mais, ajouta-t-il, pendant qu'il donne là-bas des ordres pour qu'on reçoive nos amis les Algonquins, à qui, d'ailleurs, j'aurai quelque chose à dire ce soir, entrez chez moi, monsieur de Kildare. En attendant le souper, je vais vous présenter à ma femme et à mes filles. »

Ici, lord Kildare s'interrompit.

« Monsieur le curé, vous avez vu bien des choses assurément?...

— Oui, monsieur de Kildare, répondis-je, j'ai vu la cathédrale de Tulle! J'ai vu le pic de Sancy, qui est la plus belle de toutes les montagnes de France, et la Dordogne qui en descend et qui est la plus belle de toutes les rivières. Pourquoi me faites-vous cette question?

— Monsieur le curé, dit lord Kildare, le jour où je mis le pied dans le château de la Tour-Montluc, au fond du lac Érié, j'ai vu la plus aimable, la plus noble, la plus charmante, la plus délicieuse personne qui jamais ait vu le jour, soit en Europe, soit en Amérique. Elle avait les cheveux noirs, les yeux bleus, le nez droit, le sourire fier et gracieux tout ensemble. Mais j'oubliais, monsieur le curé, que cette description ne peut guère vous intéresser... Figurez-vous seulement qu'elle ressemble beaucoup à mon ami Louis de Montluc, que voilà, et qu'elle est sa sœur.

— Oui, dit M. de Montluc en riant, figurez-vous ça; pas davantage!... Figurez-vous pourtant aussi que ma sœur Athénaïs n'est pas aussi grande que moi, mais qu'elle est beaucoup plus belle, ce qui est une compensation; que Donald l'a demandée en mariage il y a trois mois; qu'elle a consenti sous certaines conditions qu'elle a imposées, mais qu'il n'a pas voulu me dire, et que la cérémonie se fera le lendemain de notre retour au logis, c'est-à-dire vers le mois de juin — du moins nous l'espérons tous... Mais si je laisse mon ami Donald vous raconter en détail toutes les félicités dont il fut comblé ce jour-là, nous n'en finirons jamais, et Marion qui nous écoute, dormira sur sa chaise.

— Eh bien! reprit M. de Kildare, pourquoi veux-tu m'empêcher de faire l'éloge de ceux pour lesquels j'ai de l'affection? Monsieur le curé, écoutez bien ce qui va suivre. J'ose espérer que cela vous intéressera. »

Le baron me précéda pour me montrer le chemin et m'introduisit dans la grande salle du château, dans laquelle était assise la châtelaine, entourée de plusieurs dames.

« Mesdames, dit M. de Montluc, en s'avançant, je vous présente M. Donald O'Brian, comte de Kildare en Irlande, capitaine au service de Sa Majesté Très-Chrétienne le roi de France, et commandant du fort de Catarocouy. Monsieur de Kildare, voici ma femme et mes deux filles, Athénaïs et Lucy. »

Mme de Montluc me tendit une main, que je baisai avec respect.

« Monsieur de Kildare, me dit-elle, nous vous attendions depuis deux mois. A la fin, je vois que Louis est allé vous chercher, et qu'il a été assez heureux pour vous ramener. »

Je balbutiai au hasard quelques mots de réponse, tant j'étais ébloui par la majesté de Mme de Montluc et plus encore par la vue de sa fille Athénaïs. Cependant, j'eus la présence d'esprit ou plutôt l'instinct de comprendre que le meilleur moyen d'entrer dans les bonnes grâces des dames était de raconter le service que M. de Montluc, le fils, m'avait rendu.

Je répétai donc ce que j'avais dit à M. de Montluc, ce qui causa une grande admiration et une grande joie.

Je m'aperçois que je ne vous ai rien dit de mademoiselle, ou plutôt de miss Lucy, car elle est Irlandaise aussi bien que moi, comme je l'appris le soir même, et n'a d'autres liens avec la famille de Montluc que ceux de la tendresse la plus vive. Le baron l'avait recueillie à l'âge d'un an, pendant l'incendie d'un village de Massachusetts, et l'avait enveloppée dans son manteau, après que les sauvages, ses alliés, eurent massacré ses parents. Il l'emmena dans son château de la Tour-Montluc, la fit élever avec ses propres enfants et la traita toujours comme sa fille. Vous devinez sans peine, monsieur le curé, qu'elle ne tardera pas à lui appartenir de plus près et que le mariage de mon ami Montluc est fixé à la même époque que le mien, c'est-à-dire au jour où nous remettrons ensemble le pied dans l'île des Tortues. On n'attend plus que nous pour la cérémonie.

Après toutes ces présentations et ces compliments réciproques, nous fûmes avertis que le souper était servi, et je donnai la main à Mme de Montluc avec la même cérémonie et le même respect que j'aurais pu faire à Versailles pour la défunte reine Marie-Thérèse.

Le chapelain du château, le Père Fleury, vint nous rejoindre avec mon ami Montluc que voici, et que désormais, pour le distinguer de son père, et aussi parce que c'est le nom qu'il porte dans tout le Canada et dans les colonies anglaises jusqu'à la baie de la Chesapeake, j'appellerai Montluc le Rouge.

Vers la fin du souper, le vieux baron me dit:

« Monsieur de Kildare, nous allons causer librement devant vous de nos affaires intimes et du danger où nous sommes tous. Je vous connais, vous n'êtes pas de trop ici. Quant à ma femme et à mes filles, elles peuvent tout entendre. D'ailleurs le péril est trop grand pour dissimuler rien. Un seul membre de la famille est absent: c'est Charles, mon plus jeune fils, qui m'a demandé, il y a trois semaines, la permission de faire un voyage de découvertes le long de la rivière des Illinois et de l'Ohio,

sous la conduite du Père Lallemand, l'un de nos plus zélés missionnaires. Charles, qui n'a que quatorze ans, mais qui est fait sur le modèle de son frère, voulait aller au golfe du Mexique avec sa carabine. De là il espère passer l'isthme de Panama, entrer dans l'Amérique du Sud et revenir au Canada par l'océan Pacifique et la mer Polaire. Les enfants ne doutent de rien.

« Donc, avant de rien résoudre, il faut savoir où nous en sommes, et personne ne le sait mieux que notre bon Père Fleury, qui fait le modeste et qui a l'air de s'en remettre de tout à la volonté de Dieu; mais, au fond, personne ne travaille plus activement que lui et ne pioche avec plus de vaillance la vigne du Seigneur... Voyons, Père Fleury, qu'est-ce qui se passe chez les Iroquois d'où vous venez?... Les nouvelles n'étaient pas bonnes quand vous êtes parti le mois dernier, et j'osais à peine espérer de vous revoir. »

Le Père Fleury sourit doucement et répliqua:

« Moi aussi, je n'étais pas sûr de revenir; mais quand on a quatre-vingt-cinq ans passés et qu'on se fie à la parole de Celui qui a dit: Allez et enseignez tous les peuples, *Euntes docete omnes gentes*, le martyre vous donne plus d'espérance que de crainte. J'allai donc tout droit dans le pays des Agniers. C'est la principale des cinq tribus iroquoises: elle demeure au sud du lac Ontario, à cent lieues d'ici ou à peu près. On m'avait dit que ceux-là étaient les plus animés contre moi. Je pensai donc qu'il fallait commencer par eux. Je m'embarque ici, je débarque, je mets pied à terre à cinquante pas du premier village des Agniers, je m'engage dans un sentier et, pas de chance, je rencontre une bonne Indienne qui, du plus loin qu'elle m'aperçoit, fait le signe de la croix, se met à genoux, me demande ma bénédiction et s'écrie: « Père Fleury, d'où venez-vous? Où allez-vous? Voulez-vous recevoir l'hospitalité de votre humble servante? »

« J'accepte de grand cœur cette offre faite si à propos. C'était une pauvre veuve dont j'avais guéri le fils unique, un enfant de dix ans, blessé à la chasse l'année précédente. Par la même occasion, j'avais converti et baptisé la mère et l'enfant...

« Pendant quinze jours, je visitai tout le pays, de village en village; je parvins à réunir secrètement les principaux chefs dans une île du lac Ontario; je leur ai fait comprendre qu'ils n'avaient pas intérêt à la ruine de la France: que les Anglais, s'ils devenaient les plus forts, les extermineraient, et que, sans leur demander de rompre le traité qu'ils venaient de conclure tout récemment, on se contenterait qu'ils missent quelque lenteur à l'exécuter.

« Ils me l'ont juré, et je sais qu'ils ne manqueront pas à leur serment.

« Ayant ainsi rempli la mission dont je m'étais chargé dans l'intérêt de la France et de notre sainte religion, je suis revenu en bonne santé, comme vous voyez, monsieur de Montluc. »

Le vieux Montluc se leva, et, serrant le vénérable missionnaire dans ses bras lui dit: « Père Fleury, pardonnez-moi la crainte que nous avons tous de vous perdre... Mais êtes-vous sûr que les autres tribus iroquoises suivront la tribu des Agniers? » Le vieux missionnaire sourit avec sa bonhomie ordinaire et répliqua: « Croyez-vous que j'aie laissé mon œuvre inachevée? Me connaissez-vous si peu! J'ai fait le tour des cinq tribus, précédé des principaux chefs des Agniers, qui s'étaient chargés de préparer les esprits en ma faveur, et j'ai la parole de tous.

— Que Dieu soit loué! dit Montluc, car il n'était que temps. On annonce de Québec que sept mille soldats anglais vont débarquer à Boston, que cinq mille miliciens du Massachusetts vont les rejoindre, que les Iroquois sont avec eux (mais pour ceux-là, grâce à vous, je suis rassuré maintenant), et que tous ensemble vont fondre sur la colonie et balayer (c'est le propre mot de Caroll, le gouverneur de Boston), toute la race française en Canada. M. de Frontenac m'écrit qu'il n'a que cinq cents hommes à Québec pour défendre le fleuve Saint-Laurent, et le double à peu près pour garder les frontières de l'Acadie. Heureusement mon gendre, M. de la Ville-Castin, est là-bas, avec ses Abénaquis. Il garde l'Acadie comme je garde les grands lacs, et c'est un terrible gardien que Ville-Castin. Il est dans sa presqu'île comme l'ange armé d'une épée flamboyante à l'entrée du paradis terrestre. Tous les hérétiques anglais qui mettent le pied par là sont sûrs de glisser en enfer, car nos bons Abénaquis ne font grâce à personne. »

Voilà, monsieur le curé de Gimel, comment je faisais peu à peu connaissance avec toute la famille, et comment je devenais l'ami de tous, avant même de les avoir vus, car, au Canada, quatre cents lieues ne séparent pas les cœurs. Là-bas, au premier appel, les frères, les amis, accourent, les armes à la main. Est-ce pour une chasse, pour une expédition ou pour un bal, peu importe, tout le monde est toujours prêt. Quelquefois, c'est pour les trois ensemble, car les Canadiens ont temps pour tout. Au reste, vous voyez mon ami, Montluc le Rouge: c'est un bel échantillon de la race et un fier gentilhomme. Qu'en dites-vous, Beaupoil?

— Ah! monsieur de Kildare, répondit Beaupoil avec admiration, après ce que je lui ai vu faire contre la bande de loups qui voulait me dévorer, je le crois capable de tout. »

Alors M. de Montluc, celui que son ami appelait Montluc le Rouge, et qui dormait près du feu ou en faisait semblant, se leva et dit en riant: « Ah çà! Beaupoil, et toi, Kildare, avez-vous bientôt fini de faire mon éloge? M. le curé de Gimel doit avoir envie de dormir. »

Mais je protestai que rien ne m'intéressait plus que ses aventures.

« Quelque jour, monsieur le curé, dit Kildare, si vous voulez quitter un instant votre bonne paroisse de Gimel où l'on se chauffe si bien, où l'on soupe si délicieusement, où l'on boit de si bon vin, où Marion fait de si bonne cuisine, et si vous voulez venir avec nous chez les sauvages pour porter la parole sainte, je vous promets, avec mon ami Montluc, de vous faire voir en trois jours plus de gros gibier, d'élans, d'ours, de daims, de caribous, de castors et de coyottes, que vous n'en pourriez tuer en trente ans, et cent fois plus de sauvages et d'hérétiques que vous n'en pourriez baptiser en six mois. Mais on est trop bien ici, notre pauvre Canada ne vous séduirait pas. »

Je me sentis un peu piqué et je répondis vivement:

« Pourquoi donc n'irais-je pas au Canada, monsieur de Kildare, si c'est la volonté de Dieu?

— Assurément, dit l'Irlandais, en riant, si c'est la volonté de Dieu; mais tout me prouve que ce n'est pas la volonté de Dieu. »

Je crois que M. de Kildare se moquait un peu de moi, ou peut-être était-ce l'effet d'une vocation mystérieuse qui se déclara tout à coup et qui devait me conduire où je suis maintenant, bien loin de ma chère paroisse de Gimel... Tout à coup je m'écriai, comme saisi d'une inspiration subite de l'Esprit-Saint:

« Que diriez-vous de moi, monsieur de Kildare, si je venais à vous suivre? »

Il se mit à rire de si bon cœur que je fus presque déconcerté.

« Qui fera votre soupe tous les matins, monsieur le curé, votre excellente soupe?

— Je n'ai pas besoin de soupe. Le Père Fleury n'a pas tous les matins sa soupe, je suppose. Et le Père Fleury vit bien malgré cela.

— En effet, dit Kildare, mais depuis soixante ans le Père Fleury en a pris l'habitude.

— Eh bien, dans soixante ans, j'en aurai l'habitude, moi aussi!

— Alors vous êtes décidé? Vous avez réfléchi? »

Franchement, j'avais parlé au hasard, comme on fait souvent, et je n'étais pas du tout décidé, mais la question de lord Kildare me causa une telle indignation que je me décidai sur-le-champ.

Marion se leva et dit: « Alors, monsieur le curé, vous allez partir seul? »

Beaupoil me coupa la parole.

« Monsieur le curé ne partira pas seul, dit-il avec fermeté, car pour moi je l'accompagne. »

Etait-ce envie de me suivre ou désir de quitter sa femme? Je n'en sais rien. Au reste, Marion, aussi prompte que lui, s'écria: « Eh bien, c'est ça. Nous partirons tous ensemble... »

Cette fois, M. de Kildare éclata franchement de rire et demanda:

« N'avons-nous plus personne? »

Beaupoil répliqua fièrement:

« Monsieur de Kildare, quand M. le curé de Gimel me prit à son service, il y eut une convention passée entre nous (le notaire n'y a point passé, mais c'est tout comme), qu'aucun des deux ne partirait jamais sans l'autre, excepté, bien entendu, quand il s'agirait d'aller en paradis, où M. le curé a sa place marquée d'avance ; mais enfin il ne dépend ni de lui ni de moi, malheureusement, que je le suive jusque-là ; et comme Marion me fait damner cent fois le jour, j'ai bien peur, en quittant ce monde, d'être forcé de traverser le purgatoire... »

Sur ce mot, Marion prit les armes. Ses yeux brillèrent comme ceux d'un tigre avant la bataille. Elle poussa un cri aigu, et prit son élan pour sauter sur Beaupoil ; mais lui, prudent non moins que brave, ouvrit la porte de la chambre, enfila l'escalier, entra dans la cuisine, en referma la porte au verrou, et garda ce rempart entre sa femme et lui pendant plus d'une heure.

Ce fut pour mes hôtes fatigués comme un signal de se coucher. Montluc le Rouge me dit :

« Monsieur le curé, nous allons dormir. Réfléchissez à la promesse de nous suivre que vous avez faite à mon ami Kildare. Si vous persistez demain, dans dix jours nous serons à Bordeaux, où notre ami Gandar nous attend pour nous transporter à l'embouchure du Mississipi. Nous vous attendrons vingt-quatre heures, deux jours s'il le faut ; nous nous embarquerons ; nous passons la mer Atlantique, nous entrons dans le Mississipi, qui est un fleuve vingt fois plus grand et plus profond que la Seine ; nous tournerons à droite dans l'Ohio, la plus belle rivière du globe ; de là nous irons au lac Érié, où mon père est maître et seigneur, où le vieux Père Fleury n'attend qu'un successeur ; vous convertirez les Hurons, les Algonquins, les Iroquois, les Sioux, les Mohawks et tous les malheureux Peaux-Rouges qui ne connaissent pas encore la parole de l'Evangile ; vous serez notre prédicateur, notre évêque... Vous aurez un diocèse plus vaste qu'un royaume d'Europe, vous répandrez sur un terrain fertile la semence divine, et si quelque hérétique ou quelque sauvage païen et malintentionné vous menaçait, comptez sur nous ! »

A ce moment la pendule (ou plutôt le coucou), qui marquait pesamment les secondes dans l'antichambre, sonna deux heures du matin.

Montluc le Rouge me tendit la main et dit :

« Monsieur le curé, allons nous coucher, car il nous faudra partir de bonne heure demain matin. »

Heureusement, mes hôtes furent forcés, par le vent, le froid et la neige, de rester au logis. Pour eux, habitués au climat du Canada, le vent et le froid n'étaient rien ; mais la neige tomba si abondamment et devint si profonde qu'elle dépassait de trois pieds la tête d'un homme à cheval et qu'on aurait été forcé de tracer une route dans la montagne, avec la crainte qu'au premier rayon de soleil une avalanche n'engloutît les voyageurs téméraires.

Le comte de Kildare profita de ce mauvais temps pour me faire le récit de plusieurs aventures mémorables auxquelles il prit part avec Montluc le Rouge. Il parla longuement de Charlot, le frère de Montluc, qui, à quatorze ans, marchait sur les traces de son frère, et qui, en compagnie d'un Indien, dernier survivant de la tribu des Ériés, parcourait tout le pays, chassant et se préparant à combattre les ennemis de son père.

Kildare fit un récit détaillé d'une expédition extrêmement périlleuse. Il s'agissait d'aller à trois cents lieues de la Tour-Montluc, située sur le lac Érié, emporter sans artillerie un fort gardé par soixante canons, cinq cents Anglais, et une frégate et son équipage.

Cette expédition réussit pleinement, et Montluc et Kildare, non seulement prirent le fort et la frégate, mais ramenèrent des prisonniers et de nombreuses provisions.

« De retour de cette expédition, tandis que nous revenions, Montluc et moi, reprit Kildare, à la Tour-Montluc, Phœbus, le terreneuve, arriva devant nous, courant comme une flèche, et dès qu'il vit Montluc, après lui avoir sauté au cou, s'assit gravement sur son derrière, et de sa patte droite de devant frotta son collier armé de pointes de fer pour avertir que quelque chose le gênait.

Montluc défit le collier et trouva dans l'intérieur un billet, puis il l'agrafa de nouveau, et Phœbus, content d'avoir fait sa commission, regarda son maître d'un air attentif, comme un aide de camp qui a rempli une mission importante et qui attend la réponse du général.

Montluc lut ce billet, appela le vieux Buffalo et nous dit :

« Voici l'ordre de mon père.

« *La Tour-Montluc*, 16 octobre 1696.

« Graves nouvelles !

« Six mille Anglais en marche sous le commandement de Robert Carroll, gouverneur de Boston. Le fort Richelieu est pris. Montréal est menacé. L'entrée du Saint-Laurent est fermée par les glaces. Nul secours à espérer de France. Québec manque de vivres. Fermes partout ravagées et brûlées. M. de Frontenac me supplie de le joindre.

« Vainqueur ou vaincu, viens à l'anse du Renard, sur le lac Ontario. Si tu as des prisonniers, laisse à lord Kildare le soin de les conduire. Je t'attendrai cinq jours. Je serai seul avec deux de nos Canadiens, les deux frères Carréguy. J'ai laissé le père avec ses trois autres fils à la Tour-Montluc pour ne pas exposer ta mère, ta sœur et Lucy à un coup de main. J'y ai laissé aussi trente hommes de garnison. Pour moi, je puis aller seul. Depuis les grands lacs jusqu'à Québec, il n'y a pas un homme assez hardi pour mettre la main sur moi.

« ANNIBAL DE MONTLUC. »

« P.-S. — Pas de nouvelles certaines des Iroquois. On dit qu'ils ont rejoint les Anglais et que tous ensemble ils marchent sur Québec. Cependant le Père Fleury a confiance en eux, et moi j'ai confiance dans le Père Fleury. Et si quelque malheur devait frapper notre maison, mon fils, c'est à toi de veiller sur tous.

« Je t'envoie ce billet par Phœbus. Il se fera tuer s'il le faut, et, s'il est pris, il ne révélera rien, car il n'est pas bavard. »

Montluc déchira la lettre en cent petits morceaux, que le vent emporta au loin, puis il se tourna vers Phœbus et lui dit : « C'est bien, mon ami. Je porterai moi-même la réponse. Va dîner en attendant. »

Puis, rassemblant ses prisonniers, il dit à haute voix :

« Nous allons partir au petit trot. Nous ferons deux lieues à l'heure. »

Vers dix heures du soir, nous arrivâmes à l'anse du Renard, où le vieux baron Annibal de Montluc nous avait donné rendez-vous... Phœbus nous avait précédés avec Charlot et Buffalo. »

VI. — LE PÈRE FLEURY ET LES IROQUOIS

Nous fûmes très surpris en arrivant, reprit M. de Kildare. Au lieu de trouver le baron Annibal de Montluc, tout seul avec deux hommes, comme il l'avait annoncé, nous vîmes un camp de sauvages et des feux innombrables. J'en eus même quelque inquiétude ; mais Montluc me rassura.

Pied-de-Cerf, notre ami l'Algonquin, sonna de la trompe. Aussitôt on lui répondit du camp.

« Ce n'est rien, me dit-il : ce sont nos amis les Algonquins. Mais qu'est-ce qui a pu amener là ces braves gens ? Mon père voulait venir seul. »

Au même instant le vieux baron de Montluc nous vit arriver et fit trois pas en avant pour nous recevoir. Après les premiers embrassements, Montluc le Rouge dit : « Mon père, je vous ai fait attendre.

— Cinq jours seulement, répondit le vieux baron ; mais, comme tu vois, je n'ai pas perdu de temps. J'ai fait avertir mes amis les Algonquins que j'avais besoin de leurs services. Ils sont venus avec empressement et les voilà... Monsieur de Kildare, je suis heureux de vous revoir. Charlot m'a dit que vous aviez très bien fait dans l'affaire du fort d'Hudson. Je n'attendais pas moins de vous et du sang des O'Brian qui coule dans vos veines. »

Montluc dit ensuite à son fils : « Je suis content de toi, Rougeot... (C'était son mot d'amitié.) Tu as mené ta troupe vite et bien. C'était nécessaire d'ailleurs, car autour de nous tout s'écroule. Le Roi n'envoie pas de renforts. Le ministre Pontchartrain écrit à M. de Frontenac, gouverneur de la colonie, qu'il compte sur son courage et ses talents administratifs et militaires. Frontenac, à son tour, lève les épaules, m'envoie la dépêche, et m'écrit qu'il n'a plus d'hommes ni d'argent ; qu'un parti de trois cents miliciens a été surpris et battu par l'armée anglaise ; que la moitié de ces pauvres gens ont péri après un combat terrible ; que le reste a été pris et conduit à Boston. Il ajoute qu'il n'a plus d'espérance qu'en moi et qu'il faut lui donner tout, même des armes et de l'argent... Tu vas donc partir...

— Seul, mon père ?

— Non, avec M. de Kildare.

— Pour Québec ?

— Non, pour la Tour-Montluc. Tu verras ta mère, ta sœur et Lucy. Tu les embrasseras, tu prendras cinq cent mille livres en onces d'or d'Espagne, de celles qui me viennent du fameux galion que j'ai pris autrefois à l'Amirauté de Castille et que le défunt cardinal Mazarin voulait me voler comme un grigou sicilien qu'il était. Tu porteras cela par eau à Québec, avec deux cents fusils, de ceux que tu as pris dans le fort.

— Mais vous, mon père ?

— Ne t'inquiète pas de moi. Je reste avec mes sauvages et tes prisonniers, que je vais conduire moi-même à trente lieues de Boston. De là je proposerai l'échange de nos malheureux miliciens.

— Mais, fis-je, qui gardera le fort de Catarocouy en mon absence ?

— Votre lieutenant... Pour vous, vous garderez la Tour-Montluc et vous serez amiral et général en chef sur le lac Érié, en attendant mon retour et celui de mon fils... Cet arrangement vous convient-il ? »

Ah ! certes oui, l'arrangement me convenait. Il faisait même mon bonheur, et je me flattais d'avance du plaisir de raconter aux dames mes exploits et ceux de Montluc. Mais j'étais bien loin de prévoir ce qui m'attendait là.

Le lendemain, de grand matin, nous prîmes congé du baron Annibal, qui nous laissa emmener les hommes qui nous avaient suivis jusqu'à la baie d'Hudson, et partit du côté de Boston avec ses prisonniers, que les Algonquins avaient dépouillés de tout, excepté des vêtements les plus indispensables, et attachés avec des cordes pour les mener en laisse comme des chiens. Nous fîmes cent lieues en trois jours et nous mîmes pied à terre dans l'île de la Tour-Montluc, à neuf heures du matin, le quatrième jour.

Comment nous fûmes reçus, monsieur le curé, je n'ai pas besoin de vous le dire. Montluc le Rouge surtout, car les trois dames l'embrassèrent fort et ferme, sous prétexte qu'il était leur fils, leur frère et leur fiancé. Le vieux Carréguy lui-même, un

Basque qui avait quatre-vingts ans et qui gardait le château et surveillait le lac en l'absence du baron Annibal, se jeta dans les bras de Rougeot (il l'appelait du même nom que son père) et lui dit tout haut : « Le fils vaudra le père ».

« Malgré la joie de se revoir, les convives ne paraissaient pas sans inquiétude. Le Père Fleury lui-même était très préoccupé. Il attendait quelque chose. A la fin, comme il s'était levé pour regarder le lac, Charlot, qui s'était levé en même temps que lui, mais qui, étant plus jeune, avait des yeux meilleurs, s'écria : « Je vois la fumée ».

C'était assez difficile, car nous étions à trois lieues du rivage ; mais je pris la lunette marine et j'aperçus en effet, à trente pas à peu près l'un de l'autre, trois grands feux

Enfin mes trois Iroquois, invités par le Père Fleury et par mon ami Montluc, s'accroupirent sur leurs talons, et nous nous assîmes, nous, à terre ; après quoi le plus âgé des trois prit la parole :

« Père des Prières, dit-il, je viens t'annoncer un grand malheur... »

Il s'interrompit pour étudier sur le Père Fleury et sur Montluc l'effet de ses paroles, mais Montluc le Rouge garda l'air riant que vous voyez, ce qui est aussi naturel sur sa figure que le vent sur la mer. Quant au Père Fleury, il répondit avec calme :

« Que la volonté de Dieu soit faite en toutes choses ! Sa main s'étendra sur ses serviteurs pour leur donner la victoire quand le moment sera venu. »

L'Iroquois, satisfait sans doute du sang-

LA BARQUE NOUS RAMENA A LA TOUR-MONTLUC

allumés sur une même ligne. Puis nous vîmes tout à coup un bateau se détacher du rivage opposé et venir à nous en faisant force de rames. Ce bateau portait trois sauvages.

« Ce sont mes amis les Agniers, dit le Père Fleury. Ils m'ont tenu parole et viennent me l'annoncer. La colonie est sauvée. »

Quelques instants après, les trois Iroquois débarquèrent. C'étaient trois guerriers de haute taille et d'aspect imposant. Ils traversèrent majestueusement la salle, saluèrent à la manière iroquoise Mme de Montluc et demandèrent à parler à Montluc le Rouge et au Père Fleury. Ceux-ci se retirèrent dans un coin, m'appelèrent à eux et firent sortir tout le monde, excepté les dames, auxquelles d'ailleurs ces farouches sauvages ne firent pas plus attention que si elles n'avaient jamais existé.

« C'est donc pour ça, interrompit Beaupoil, qui s'était glissé dans la chambre, qu'en France on appelle Iroquois les gens sans politesse qui ne savent pas se conduire avec les dames.

— Précisément ! répliqua lord Kildare.

froid de Montluc et du Père Fleury, continua :

« C'est malgré nous que la guerre a commencé. Nous ne désirions que la paix, mais les Visages Pâles, dont le Grand-Esprit sans doute a troublé la raison, ont voulu s'exterminer. Deux mille cinq cents ont péri et sont enterrés sur le bord du grand fleuve.

— Mon mari en est-il ? » demanda Mme de Montluc, à qui Mlle Athénaïs répliqua, d'un air que rien ne peut exprimer :

« Est-ce que mon père se laisserait tuer ! »

Montluc le Rouge, sans rien dire, attendit l'explication de l'Iroquois, qui continua :

« Le Grand-Ours-Noir n'en était pas. Son tour n'était pas venu sans doute. »

Puis, redoublant de gravité, il ajouta :

« Ces Visages Pâles sont des Anglais, et il n'y a pas eu de bataille. Voici ce qui s'est passé. Les six nations iroquoises avaient promis d'envoyer trois mille guerriers au secours des Anglais pour prendre Québec. Les six nations ont tenu leur parole. Nous nous sommes arrêtés sur le bord de la rivière Richelieu, nous, pour chasser, les Anglais, pour attendre des vivres, car ces Visages Pâles ne comptent pas sur le Grand-

Esprit pour se nourrir, mais sur des magasins remplis de viande, de pain et de whisky. Nous étions campés sur le haut de la rivière, et les Anglais à une lieue plus bas. Quatre jours après, une peste s'est déclarée dans le camp des Anglais et a duré dix jours. Après quoi, tous ceux qui vivaient encore ont repris le chemin de Boston. Pendant ce temps, deux mille cinq cents ont péri, c'est-à-dire un tiers de l'armée.

— Et combien des vôtres? demanda Montluc le Rouge.

— Pas un, répondit l'Iroquois. Le Grand-Esprit protège ses enfants rouges. Père des Prières, nous t'avions promis que les Anglais n'iraient pas jusqu'à Québec. Nous avons tenu notre promesse. »

Il fallut se contenter de cette explication, l'Iroquois n'ayant pas voulu en dire davantage, et le Père Fleury ne paraissant pas curieux. Quelques jours après, nous apprîmes la vérité par Buffalo. Les Iroquois avaient, à force d'y jeter des cadavres d'animaux tués à la chasse, empoisonné une petite rivière qui bordait le camp anglais et où ces malheureux puisaient l'eau. De là un horrible typhus qui fit périr le tiers de leur armée et mit pour quelque temps le reste hors de combat.

Ayant terminé son récit, le grave sauvage ralluma sa pipe, et les deux autres suivirent son exemple.

Le Père Fleury alluma la sienne à son tour, et répliqua :

« Mon fils le Rusé-Coyotte (c'était le nom de l'Iroquois) a rendu avec ses frères un grand service à la colonie. Veut-il que je le réconcilie avec son père Ononthio Frontenac, le gouverneur de Québec? »

Le Rusé-Coyotte consulta de l'œil ses compagnons et répondit :

« Ce n'est pas nécessaire. Les six nations n'attendent rien d'Ononthio Frontenac ni de personne. Les Iroquois sont nés libres, veulent vivre et mourir libres. Ils n'acceptent rien de personne. La reconnaissance est une chaîne. J'ai dit. »

J'allais répliquer, mais Montluc le Rouge prit la parole, et, s'adressant à moi :

« Kildare, tu goûteras bien sans doute un peu de ma vieille eau-de-vie de France qui nous est arrivée le mois dernier. »

Au mot « de vieille eau-de-vie de France », les Iroquois, qui s'étaient levés pour prendre congé, se rassirent. Leurs yeux étincelaient comme des charbons ardents au milieu de la nuit.

Mme de Montluc fit apporter trois bouteilles et six verres. Le Père Fleury s'excusa sur son âge et ne goûta point cette liqueur excellente. Montluc et moi, nous y touchâmes à peine. Mais nos trois Iroquois vidèrent en peu de temps les trois bouteilles.

« Voilà, dit Montluc en les voyant ivres morts, comment on séduit ces guerriers farouches.

— Voilà comment on les corrompt! s'écria le Père Fleury.

— Aimez-vous mieux, demanda Montluc le Rouge, qu'ils reçoivent leur eau-de-vie des Anglais et qu'ils viennent ensuite, par reconnaissance pour leurs bienfaiteurs, brûler nos fermes et nos villages, massacrer nos femmes et les enfants, faire enfin la besogne des hérétiques et des païens idolâtres et abolir sur ce continent jusqu'au nom de la Nouvelle-France? »

A quoi le Père Fleury ne répliqua rien.

« Deux heures plus tard, nos Iroquois s'embarquèrent avec des présents, dont le plus précieux était une petite caisse contenant trois pintes d'eau-de-vie, qu'ils promirent de boire à la santé du Grand-Ours-Noir. Aussitôt après, je pris le commandement de l'île et du lac Erié tout entier. Quant à Montluc le Rouge, il fit pour le lendemain ses préparatifs de départ. »

VII. — UNE VISITE INQUIÉTANTE

LE lendemain, dès cinq heures du matin, reprit M. de Kildare, Montluc, qui couchait dans une chambre à côté de la mienne, et que j'avais entendu pendant toute la nuit entrer, sortir, donner des ordres, vint m'éveiller lui-même et me dit :

« Je pars, mon bateau est prêt. Si tu veux m'accompagner, lève-toi. »

Je me levai. Toute la maison était déjà sur pied. Montluc embrassa sa mère, sa sœur et Lucy. Il serra la main à tous les autres. La mère et Lucy étaient un peu pâles. Mlle de Montluc, plus vaillante, était émue aussi, mais non de crainte.

Nous partîmes ensemble avec Charlot dans le même bateau, rempli d'armes, d'argent et de provisions de toute espèce. Un bateau plus petit me suivait et devait me ramener, car je ne quittais que pour quelques heures l'île heureuse de la Tour-Montluc.

Alors Montluc me fit asseoir à l'arrière du bateau, et me donna ses instructions de tout genre, assurant qu'il serait de retour dans trois semaines au plus tard, et qu'il me confiait ce qu'il avait de plus cher au monde : sa mère, sa sœur et Lucy.

Je fis tous les serments possibles et les plus sincères, comme vous pouvez croire, de me faire tuer pour les défendre; à quoi il répondit en riant :

« C'est très beau de se faire tuer pour ses amis, mais il vaut mieux vivre et combattre pour eux... Je compte que tu ne seras pas tué et que tu égorgeras des tas d'ennemis. Pour récompense, je t'invite au mariage, qui se fera aussitôt que je serai de retour.

Il réfléchit un instant et reprit :

« Cependant je ne pars pas aujourd'hui avec ma confiance ordinaire. Je suis presque triste, et sans savoir pourquoi. Ce n'est pas mon habitude, car la tristesse est sœur du découragement et de la lâcheté. Il me semble pourtant qu'un malheur me menace ou plutôt la menace.

— Quel malheur ?

— Est-ce que je sais ? Et, chose singulière, le vieux Buffalo, qui est un grand sorcier, qui l'était du moins avant que le Père Fleury l'eût converti à notre sainte religion, est un peu troublé comme moi. »

J'essayai de rire de ce pressentiment.

Mais Montluc ne riait pas. Il fit signe au vieux sauvage qui nous suivait dans la barque de monter dans notre bateau, et lui demanda :

« Buffalo, répète à mon ami M. de Kildare ce que tu m'as dit ce matin. »

Le sauvage se recueillit, trempa sa main droite dans l'eau du lac Érié, esquissa des signes bizarres aux quatre coins de l'horizon, prononça quelques paroles mystérieuses, invocation au grand Manitou, et répondit :

« Montluc le Rouge, grand chef.

— Je le sais.

— Chef invincible.

— Après ?

— Menacé d'un grand malheur.

— De mort peut-être ? demanda Montluc.

— Pas de mort, dit Buffalo, secouant la tête. Malheur pire. Fille au visage pâle.

— Eh bien ! achève.

— ... Sera cause de choses terribles.

— Quelle est la fille au visage pâle ? Il n'y en a que deux dans la maison de mon père : ma sœur et Lucy. Est-ce ma sœur ?

— Oh non ! s'écria Buffalo.

— Lucy alors ? »

Le vieux sorcier fit signe que oui.

— Miss Lucy te l'a dit ?

— Ce matin même, devant ma mère. D'ailleurs, qui pourrait s'y opposer ? Mon père et ma mère le veulent. Lucy m'aime, et quant à moi, j'irais la chercher au milieu de cent mille épées !... »

« Tu vois, Kildare ! me dit Montluc.

— Ce vieux sauvage est fou, répondis-je tout bas.

— Visage pâle, dit Buffalo qui avait l'oreille plus fine qu'un Européen. Grande noblesse. Petite sagesse. Tête légère. Langue indiscrète. »

Je crois qu'il en aurait dit bien davantage, si Montluc ne lui avait fait signe de s'arrêter.

Puis, il m'embrassa et continua sa route pendant que de mon côté je revenais à l'île de la Tour-Montluc.

Les dix jours qui suivirent peuvent compter parmi les plus heureux de ma vie.

Le Père Fleury, qui paraissait, en l'absence du vieux Montluc et de son fils, diriger toute la colonie, m'encourageait lui-même dans des projets que je n'avouais pas encore, mais qu'il n'était que trop facile de deviner.

Un jour, comme nous étions assis ensemble dans une barque, car je faisais tous les soirs ma tournée sur le lac Érié, il m'interrompit au milieu d'un éloge que je faisais de Mlle Athénaïs et me dit :

« Mylord, vous avez raison. Mlle de Montluc est digne de son père, de sa mère et de son frère, et vous trouveriez difficilement sa pareille en Europe ou en Amérique ; mais, ajouta-t-il en souriant, elle a un grand défaut...

— Un défaut, elle !

— Oui, oui, un grand défaut, mylord : c'est un orgueil que rien ne peut déraciner, car il est héréditaire. Sa mère, Mme de Montluc, était toute pareille à Athénaïs quand elle avait son âge. Elle avait l'orgueil de la fille de Samuel Champlain, le fondateur de la colonie, et de la petite-fille du grand-chef des Ériés, qui furent peut-être les premiers habitants du Canada. Nos princesses du sang royal de France n'auraient rien obtenu d'elle, si ce n'est un salut d'égale à égale. Et encore... »

Comme je riais, il ajouta :

« Je lui disais souvent, quand elle était jeune fille, qu'elle ne trouverait jamais le héros qu'elle avait rêvé, car elle rêvait un héros pour mari, et qu'à cause de cela elle vivrait et mourrait fille. Et, ma foi, cela pouvait bien arriver, quoique les femmes manquent au Canada plutôt que les maris.

— Ça pouvait arriver, mais ça n'est pas arrivé.

— Ah ! reprit le Père Fleury, c'est que la divine Providence, qui avait ses vues sur elle, envoya au Canada M. de Montluc, qui, dès le premier jour, conquit à ce point le cœur et l'admiration des Français et des sauvages, qu'elle vit bien qu'il était impossible de lui résister, et qu'elle l'épousa. »

Je demandai encore, mais plutôt par oisiveté et pour le plaisir de parler que par curiosité :

« Elle ne s'en est pas repentie, je suppose ?

— Repentie ! dit le Père Fleury. Mylord de Kildare, jamais femme ne fut plus fière de son mari que celle-ci ! Non ! jamais ! jamais ! jamais femme n'aima son mari comme elle l'aime ! Il est pour elle l'image de Dieu sur la terre ! Elle n'a qu'une âme avec lui, qu'un cœur, qu'une pensée ! Elle a mis en lui sa joie et son orgueil en même temps que sa tendresse. Quand elle était jeune, elle le suivait partout, à la chasse et même à la guerre. »

J'abrège le discours du Père Fleury, et j'arrive à sa conclusion, qui fut que Mlle Athénaïs, n'étant pas moins fière que sa mère (et peut-être même l'étant davantage, car elle joignait l'orgueil des Montluc à celui des Champlain et des Ériés), n'épouserait jamais qu'un homme qui, pour l'obtenir, aurait fait les exploits les plus prodigieux.

Là-dessus vous croyez peut-être, monsieur le curé, que Donald O'Brian, comte de Kildare, se découragea et perdit l'espérance d'obtenir sa main ? Vous vous tromperiez en ce cas. Bien loin d'en être découragé, je ne sentis plus qu'un vif désir de lui faire voir qu'un O'Brian d'Irlande, qui compte parmi ses aïeux le ici Fingal, était capable de tout. Je me fis à moi-même le serment de la mériter ou de périr.

Et vous verrez tout à l'heure qu'il ne s'en est fallu de guère que j'aie fait à la fois l'un et l'autre. Montluc le Rouge, qui était de l'affaire, pourra vous dire ce qu'il en pense.

Vous jugez que les paroles du Père Fleury, qui lisait dans mon âme comme dans un livre ouvert, mais qui n'en faisait pas semblant, m'avaient jeté dans une réflexion profonde et silencieuse.

Pendant que notre barque nous ramenait à la Tour-Montluc, je vis tout à coup s'éclairer le sommet de la plus haute tour qui dominait le lac, toute pareille à un phare. Divers signaux se succédaient comme des avertissements de se hâter, et, sans annoncer un danger pressant, indiquaient que quelque chose de bizarre venait de se passer.

A cent pas du rivage, le vieux Buffalo, toujours en sentinelle, nous cria :

« Yankees ! Yankees ! »

C'est le nom des Anglais, tel que les sauvages le prononcent.

Je fus donc très étonné et je demandai avec mon porte-voix :

« Amis ou ennemis ? »

Buffalo ne répondit rien à cette question. Alors je commençai à m'inquiéter sérieusement ; je pris mon fusil, d'avance tout chargé à balle, et je m'approchai du rivage, où la première figure que j'aperçus fut celle d'un officier anglais, qui me dit en bon français :

« Nous sommes amis, mylord comte de Kildare. »

Et comme il vit que je craignais un piège, il ajouta :

« Vous pouvez m'en croire. Je suis sir Richard Carroll, gouverneur du Massachusetts. Il y a trêve entre nous en attendant la paix définitive, et je suis venu pour rendre visite à M. le baron de Montluc, à Mme la baronne, et pour faire connaissance avec ma cousine germaine miss Lucy Carroll. »

Ce discours, qui m'apprenait beaucoup de choses en peu de mots, dont l'une, la plus singulière, était que miss Lucy, la fiancée de Montluc le Rouge, avait pour oncle le propre gouverneur de la province anglaise du Massachusetts, redoubla l'étonnement où la conversation du Père Fleury m'avait jeté. Je débarquai, et j'allai serrer la main de l'hôte inconnu, sir Richard Carroll, qui venait d'arriver et même de s'installer en mon absence dans le château de la Tour-Montluc.

Mais, comme je montrais à l'Anglais le chemin du château, le vieux Buffalo me saisit vivement la main et me dit :

« Défiez-vous. Trahison. »

Je me retournai pour l'interroger ; il avait disparu.

J'avais confiance, reprit M. de Kildare, dans l'instinct de Buffalo, qui ressemble à du génie, et Montluc le Rouge m'avait toujours dit que le vieux sauvage était à demi

sorcier. Je regardai donc avec attention sir Richard Carroll.

C'était un grand et fort gentleman, rouge de teint comme une brique. Ses cheveux noirs étaient abondants, ses membres robustes, ses yeux gris, hardis et durs. Au fond il avait l'air respectable, c'est-à-dire comme on l'entend en Angleterre, l'air riche et bien portant.

Il se mit à marcher près de moi et à m'expliquer les motifs de son voyage.

« C'est à mylord Donald O'Brian comte de Kildare que j'ai l'honneur de parler ? demanda-t-il d'abord.

— A lui-même, monsieur,... mais vous deviez le savoir, puisque vous m'avez salué tout à l'heure par mon nom ? »

Il reprit gravement :

« Mylord, on ne prend jamais trop de précautions. »

Je lui demandai :

« Avant tout, monsieur, pouvez-vous me dire ce qui vous amène dans ce pays, et comment il se fait que l'on ne vous ait pas reçu à coups de fusil ? »

Il me regarda en riant, comme ce gentleman sait rire, c'est-à-dire d'un air à porter le diable en terre, et répliqua :

« Mylord, on a tiré, et même un de mes domestiques a reçu une balle dont il est mort. Mais alors nous avons, sans riposter, arboré le pavillon parlementaire, et M. Carréguy, un vieux gentleman à cheveux blancs, qui paraît commander en votre absence, a fait suspendre le feu, nous a fait signe d'approcher, s'est assuré que nous venions apporter la paix et la concorde, nous a demandé nos armes, et nous a priés d'attendre votre retour pour nous faire entrer au château et nous présenter à Mme de Montluc. ».

Je reconnus la prudence du vieux Carréguy et je demandai :

« Mais, monsieur Carroll, gouverneur du Massachusetts, qui peut vous engager à venir chez nous en temps de guerre, au risque de recevoir des coups de fusil ?

— Ma conscience ! »

Là-dessus je pensai qu'il avait le cerveau un peu fêlé et je crois qu'il en vit quelque chose dans mes yeux, car il ajouta :

« Oui, ma conscience ! Mais d'abord, mylord de Kildare, il faut que vous sachiez que j'ai proposé et fait accepter à M. de Frontenac, gouverneur de Québec et de la Nouvelle-France, une trêve de huit jours pour le haut Canada, depuis Montréal jusqu'à l'extrémité ouest du lac Supérieur.

— Singulier ! »

Et le mot du vieux Buffalo me revint à l'esprit :

« Trahison ! »

Sir Carroll reprit :

« Voici l'affaire qui m'amène. D'abord la guerre est, à peu de chose près, terminée entre le roi de France et le roi d'Angleterre. Les dernières nouvelles que j'ai reçues d'Europe m'en donnent la certitude. On va employer l'hiver à négocier. On conclura la paix au printemps. Il serait donc insensé de nous battre ici dans la neige et la glace, pendant que nos souverains, Guillaume III et Louis XIV, l'un à Londres, l'autre à Versailles, les pieds sur les chenets, discuteraient tranquillement comme des procureurs pour savoir si telle province, qui ne rapporte rien excepté des coups de fusil, appartient à l'un ou à l'autre. Puisqu'on va plaider en Europe au lieu de se battre, posons les armes ! Qu'en dites-vous ? »

J'avouai qu'il avait l'air d'un homme raisonnable et que son raisonnement était celui d'un homme sensé... Mais tout cela ne m'expliquait pas...

Il m'interrompit :

« Pourquoi je suis venu ici chez M. le baron de Montluc plutôt qu'ailleurs ? Ah ! voici mon intérêt ou, si vous préférez, celui de ma conscience. »

Et comme je paraissais étonné qu'il eût confiance en moi sans me connaître, il ajouta :

« Je vous connais, mylord de Kildare, et j'aurai bientôt besoin de vous ; écoutez seulement mon histoire. Vous y avez vous-même plus d'intérêt que vous ne croyez. »

Sir Richard Carroll s'arrêta un instant et me demanda ensuite :

« Ne connaissez-vous pas mon nom ? »

Je réfléchis à mon tour, et alors un vague souvenir me revint des choses oubliées depuis longtemps.

« Vous êtes sir Richard Carroll, de Carroll-Castle, en Irlande, n'est-ce pas ? »

Il répondit :

« C'est cela même.

— Votre grand-père était catholique et propriétaire d'une moitié du comté de Kircudbright ?

— Oui.

— Votre père était son fils cadet ?

— Très exact.

— Au temps d'Olivier Cromwell, votre grand-père eut la tête coupée pour avoir combattu en faveur de notre sainte religion catholique ?

— Oui. Olivier Cromwell n'épargnait aucun de ses ennemis. »

Ici j'hésitai, mais sir Richard Carroll me pria de continuer.

« Alors votre père, voyant qu'on allait confisquer les immenses propriétés de la famille, se convertit au protestantisme, se fit mettre en possession par Cromwell de Carroll-Castle et de toute la fortune paternelle, et les Stuarts, qui sont revenus plus tard, n'ont jamais pensé à rendre justice au frère aîné de votre père. »

Sir Richard Carroll me regarda fixement et me dit d'un air impassible :

« Mylord de Kildare, vous avez raison. Comment connaissez-vous tous ces détails ?

— De la manière la plus simple... J'ai cent fois entendu désigner votre père sous l'un de ces deux noms : Carroll le Traître ou Carroll l'Apostat. »

Quoique ce fût une pilule amère, difficile à avaler, plus difficile à digérer, sir Carroll fit signe que j'avais raison et que c'est bien

ainsi qu'on parlait de son père dans le comté de Kircudbright. Il ajouta seulement, sans doute pour justifier la mémoire du vieux baronnet :

« Il est vrai, mylord, que des bruits fâcheux coururent sur mon père au moment de sa conversion. Ses ennemis racontèrent qu'il avait cédé au désir de garder l'immense fortune de son père et d'en dépouiller son frère aîné, légitime héritier. Eh bien, mylord, si même ce bruit eût été vrai au lieu d'être un odieux mensonge, ne trouvez-vous pas qu'il valait mieux, par une conversion feinte ou sincère, maintenir dans la famille des propriétés immenses, que de les laisser aux mains des avides soldats de Cromwell ? Qu'en pensez-vous, mylord ? »

Je répondis simplement :

« Il fallait garder Carroll-Castle et tirer sur les soldats de Cromwell.

— Mon père fit mieux. Quand les domaines de son père eurent été confisqués, il se convertit, fut presbytérien et se les fit restituer, pendant que son frère aîné, toujours fidèle aux Stuarts qui ne s'en souciaient guère, était obligé de fuir en France d'abord, puis au Massachusetts, où il a péri en 1680, dans une invasion de sauvages et de Canadiens qui le prirent pour un hérétique anglais et le massacrèrent avec toute sa famille, excepté une petite fille de deux ans, ma cousine germaine, miss Lucy, qui fut recueillie par le baron de Montluc...

— Comment ! Miss Lucy est votre cousine ?

— Elle l'est.

— Qui vous l'a dit ?

— Mon père, celui que vous avez entendu nommer Carroll le Traître, Carroll l'Apostat, et qui n'avait jamais oublié son frère.

« Mais mon oncle, proscrit en Angleterre et en Irlande, obligé de fuir au Massachusetts, et de travailler de ses mains pour vivre, indigné d'ailleurs de ce qu'il croyait être la trahison de son frère, se garda bien de donner signe de vie.

« Pendant ce temps, mon père fut baronnet, suivant la loi anglaise et le décret d'Olivier Cromwell, et après tout, les lois et les décrets de l'usurpateur valaient ceux des rois légitimes. Moi-même, un peu plus tard, grâce à la faveur du roi Guillaume, j'ai été fait gouverneur du Massachusetts, et, par un hasard dont le détail serait trop long, j'ai appris que miss Lucy est ma cousine, la propre fille de sir Henry Carroll, mon oncle, et son unique héritière. »

Et comme je le regardais d'un air étonné, cherchant la conclusion de cette histoire, il reprit :

« C'est pour obéir à la dernière volonté de mon père et à ma propre conscience que je suis venu ici.

— Que voulez-vous faire ?

— Me faire reconnaître de ma cousine, d'abord. Pour le reste, je verrai suivant les circonstances.

— Vous voulez restituer, sans doute ? »

Il me regarda d'un air singulier et répliqua :

« Je ne veux pas restituer! Les décrets d'Olivier Cromwell sont immuables, et les biens que ce grand homme a donnés à mon père ne pourraient pas lui être arrachés sans

— Et quel moyen? »

Je feignais de ne rien soupçonner. Au fond, je devinais sa réponse.

Il me dit d'un air hautain et dogmatique :

« MONTLUC LE ROUGE EST MENACÉ D'UN GRAND MALHEUR »

qu'on fût forcé de violer toutes les lois divines et humaines,... mais...

— Mais?...

— Mais il y a peut-être moyen de rendre à miss Lucy les biens dont un décret l'a dépouillée.

« Mylord, avez-vous lu la Bible?

— Rarement, sir Carroll.

— Savez-vous qu'il est dit quelque part, dans la Genèse, je crois, qu'entre le mari et la femme tout doit être en commun?

— J'ignorais, sir Carroll. Mais quand

même cela serait écrit dans la Genèse, qu'entendez-vous par là? Que voulez-vous dire?

Je veux dire que miss Lucy n'est pas mariée, que je ne suis pas marié non plus...

— Et un bon mariage peut confondre les droits des deux branches de la famille Carroll, n'est-ce pas?

— Parfaitement deviné! Est-ce que vous voyez quelque obstacle? »

Alors je pensai à mon ami Montluc le Rouge occupé à Québec pour le salut de la colonie et qui m'avait confié la défense de sa famille et de ses intérêts. Je dis à sir Richard Carroll :

« Monsieur, votre projet est excellent et sage. Restituer et garder en même temps le bien d'autrui est une œuvre admirable. C'est accorder la justice avec l'intérêt. Aussi je suis certain que miss Lucy serait enchantée de votre projet, si... »

Je fis une pause. Il demanda :

« Si...?

— Si elle n'était pas déjà fiancée à mon ami M. le vicomte Louis de Montluc.

— A Montluc le Rouge?

— Oui, monsieur.

— A ce sauvage?

— A lui-même.

— A ce Peau-Rouge! A ce cannibale! »

Il en aurait dit bien davantage contre son rival, mais je vis Charlot qui se précipitait vers moi en courant, et je lui fis signe de se taire s'il ne voulait pas s'exposer à quelque dangereuse querelle, car l'enfant n'était pas d'humeur à laisser insulter son frère en son absence, et il y avait assez de Canadiens et de sauvages dans l'île qui n'auraient pas mieux demandé que de scalper Son Excellence sir Richard Carroll, le gouverneur du Massachusetts.

Au reste, le baronnet comprit le sens de mon signe et garda le silence.

VIII. — MÉSAVENTURE DE SIR RICHARD CARROLL

CHARLOT, en arrivant, me dit :
« Ah! Donald! Il est arrivé bien du nouveau en votre absence! Nous avons reçu un ami que nous ne connaissions pas et qui est le cousin de Lucy. »

Puis, apercevant sir Carroll qui se tenait un peu à l'écart et le reconnaissant, il ajouta :

« Eh! le voilà! Sir Carroll, avancez donc. On croirait que vous vous cachez! Vous êtes trop timide! On vous attend là-haut pour souper. »

Et l'enfant reprit :

« Sir Carroll nous apporte une bonne nouvelle. La trêve est conclue; la paix le sera bientôt. Mon père et mon frère vont revenir et Lucy se mariera avant quinze jours. »

Nous arrivions devant le château de la Tour-Montluc; le pont-levis s'abaissa pour nous recevoir, comme en temps de guerre, et sir Carroll en fit la remarque tout haut.

Alors le vieux Carréguy, qui était là, l'épée à la main, le pistolet à la ceinture, pour nous recevoir, répliqua sans être interrogé :

« Monsieur l'Anglais, tant que M. le baron de Montluc ou son fils ne sera pas dans l'île, tant que M. le comte de Kildare sera à la chasse ou à la pêche, moi, qui tiens leur place ici, je ne laisserai entrer personne sans lui demander son nom, ses armes et son passeport. »

Le vieux Basque, évidemment, n'était pas plus satisfait que Buffalo de la visite de l'Anglais. Il s'attendait à quelque trahison.

Pour calmer sa mauvaise humeur, je fis signe à sir Carroll d'entrer sans moi, et tirant Carréguy à part, je lui dis :

« Que s'est-il donc passé de particulier ce soir, Carréguy?

— Presque rien. Nous avons tué un Anglais, voilà tout.

— Mais vous avez l'air de mauvaise humeur?

— Ah! voilà! ce n'est pas pour l'Anglais que nous avons tué. C'est pour celui que nous avons reçu.

— Alors, il ne fallait pas le recevoir!

— C'est vrai, mylord. Mais il se présentait avec un drapeau de parlementaire, il criait : « Grande nouvelle! la paix! la paix! » et ne ripostait pas à mon coup de fusil. Alors Mme de Montluc, qui est bonne comme le pain, a dit : « Ne tirez pas, Carréguy! »

« Vous savez, monsieur de Kildare, Mme la baronne a une autorité... Enfin, j'ai obtenu d'envoyer deux de mes fils à la rencontre de l'Anglais, qui leur a montré ses passeports. C'est bien inutile. Les pauvres garçons n'ont pas eu le temps d'apprendre à lire, non plus que moi. L'aîné, pourtant, qui n'est pas bête, je m'en vante, a demandé les papiers de l'Anglais, et les a gardés dans sa poche pour les montrer à Mme de Montluc, qui est une savante et qui a dit que sir Carroll était bien en règle, qu'il y avait trêve, que M. le comte de Frontenac, gouverneur de Québec, avait consenti, qu'il avait mis son nom sur le papier et aussi sa griffe. Alors j'ai laissé entrer l'Anglais avec sa suite et ses domestiques. Mais j'ai pris leurs carabines et leurs pistolets par précaution.

— Quelle raison avez-vous de vous défier, Carréguy, puisque leurs papiers sont en règle?

— Ah! voilà!... Ils sont plus de vingt et leurs figures ne me reviennent pas... Une surtout!

— Laquelle?

— Regardez, mylord! »

A ce moment venait vers nous un homme à mine basse qui portait une longue perruque et tournait la tête tantôt à droite, tantôt à gauche, comme s'il avait compté les pierres des murs ou estimé le prix que valait le château de la Tour-Montluc pour l'acheter.

En le voyant, je fus très étonné. Je l'avais vu quelque part, mais je ne savais pas où. Lui-même, quand il vit que je le regardais avec attention et que Carréguy le désignait du doigt, tourna le dos. Je demandai au vieux Basque :

« Quel est celui-là ?

— C'est le majordome de sir Carroll — à ce qu'ils racontent du moins tous les deux, — car, pour moi, je ne me fie ni au gouverneur ni au majordome. Celui-ci surtout a une figure à claques. »

Ce mot et la perruque m'ouvrirent les yeux. Je me souviens. C'était l'Allemand Kronmark, que notre ami Pied-de-Cerf, l'Algonquin, avait si joliment scalpé dans le fort de Catarocouy.

Je dis alors à Carréguy :

« Veille sur celui-là, c'est un espion. »

Et je lui racontai l'histoire de Kronmark. Carréguy réfléchit une minute et dit :

« Si c'est un espion, il n'y a plus qu'une chose à faire.

— Laquelle ?

— Le jeter à l'eau avec une pierre au cou. »

C'était bien mon avis. Cependant, si Carroll était venu sur la foi des traités, c'était bien dur de noyer son majordome comme un chien galeux. Je retins donc le courage de Carréguy, je me contentai de l'exhorter à faire bonne garde, et j'entrai dans la grande salle où le souper était préparé.

Mᵐᵉ de Montluc et Mˡˡᵉ Athénaïs nous attendaient avec miss Lucy.

L'Anglais Carroll leur tenait compagnie. Charlot s'agitait, ayant à toute heure beaucoup d'appétit, et principalement ce jour-là, car l'arrivée des Anglais et les petits événements de la soirée avaient retardé le souper.

Ce qui le retarda encore davantage, ce fut l'absence du Père Fleury, qui, venu en même temps que moi, mais par un autre chemin, ne se pressait pas de quitter sa chambre.

On alla le chercher plusieurs fois. Il ne répondit rien, sinon qu'il allait descendre et qu'il cherchait quelque chose. On l'attendit patiemment, car le vieux jésuite devait avoir des raisons puissantes de ne pas se hâter davantage, d'autant mieux (et j'en ai fait la remarque plus tard) qu'il avait évité, en débarquant, de rencontrer sir Carroll.

Cependant il descendit de sa chambre, le dernier de tous, et tenant à la main une sorte de sac ou de dossier qui laissait apercevoir des papiers. Mᵐᵉ de Montluc alla au-devant de lui avec sa grâce et sa majesté ordinaires et lui présenta sir Carroll.

Celui-ci salua respectueusement le Père Fleury, et lui dit qu'il était trop heureux de faire connaissance avec un homme dont la réputation de science et de sainteté était faite depuis si longtemps dans la Nouvelle-France et jusque dans les colonies anglaises.

Le vieux jésuite le regarda de ses yeux doux et pénétrants, et répliqua :

« Moi aussi, j'ai l'honneur de connaître à peu près Votre Excellence, sir Carroll, car dans ma jeunesse j'ai connu très intimement sir Edward Carroll, de Carroll-Castle, en Irlande, votre grand-père. C'était un zélé catholique, monsieur, et un martyr qui a versé son sang pour la foi de ses ancêtres. »

Sir Carroll se mordit les lèvres en entendant ce compliment.

On garda le silence pendant la première partie du souper, car, au fond, tout le monde était gêné. La défiance du vieux Buffalo et du Père Fleury m'avait gagné moi-même ; je commençai à craindre quelque piège.

Enfin on se leva de table, on s'assit sur le balcon qui dominait le lac Érié, et Son Excellence le gouverneur du Massachusetts, n'ayant plus pour l'écouter que la famille de Montluc, le Père Fleury et moi, raconta ce qu'il m'avait déjà dit, et ajouta qu'il venait chercher miss Lucy pour la ramener à Boston, lui rendre l'héritage de son père, et, s'il plaisait à la demoiselle, l'épouser. Bien entendu, l'un n'allait pas sans l'autre, car, ainsi qu'il eut la précaution de le répéter plusieurs fois, si sa conscience l'obligeait à restituer, son intérêt l'invitait à garder, et il gardait le juste milieu entre son devoir et son intérêt.

Mᵐᵉ de Montluc et Mˡˡᵉ Athénaïs ne disaient rien. Miss Lucy écoutait attentivement.

A la fin, elle rompit le silence et demanda :

« Sir Richard Carroll, vous êtes mon cousin ?

— Oui, miss Lucy.

— Et vous ne restituerez qu'en m'épousant, c'est-à-dire en gardant tout ?... »

L'Anglais parut embarrassé.

« Votre silence est une réponse, dit-elle. Gardez tout, je reste ici. »

A ces mots, Athénaïs l'embrassa en s'écriant.

« Ne t'inquiète pas. Mon frère te rendra cent fois davantage. »

Le Père Fleury éleva la voix et ajouta :

« Sir Richard Carroll, je connais votre histoire aussi bien que vous-même. Ce n'est pas pour restituer, même à demi, les biens de miss Lucy que vous êtes venu : c'est parce que vous savez qu'un oncle, indigné de la voir dépouillée, lui a légué d'immenses propriétés dans le comté de Kent, en Angleterre, et qu'elle n'en doit entrer en possession que le jour de son mariage. Ce n'est pas la fortune dont vous jouissez déjà qui vous attire ici, c'est l'autre, celle que vous ne pouvez pas enlever à Lucy, excepté en l'épousant. »

Cette révélation inattendue fit rougir l'Anglais.

« Comment le savez-vous ? » demanda-t-il.

Le Père Fleury se mit à rire et répondit :

« Est-ce que nous ne savons pas tout, nous autres jésuites ? Est-ce que ce n'est pas notre métier, et notre privilège sur cette terre ?

— Puisque vous savez tout, répliqua sir Carroll, je n'ai plus qu'à vous faire mes adieux... Lucy, vous voyez ce que je vous offre : une fortune immense composée de deux héritages. Je suis gouverneur du Massachusetts, ce qui est une vice-royauté en Amérique.

— Monsieur, dit miss Lucy en le reconduisant avec nous tous jusqu'au bateau qui l'avait amené, j'ai bien l'honneur de vous saluer... S'il vous plaît de me rendre la fortune de mon père, je l'accepterai avec joie. S'il ne vous plaît pas, je chargerai M. de Montluc, mon futur mari, de la reprendre. »

Sir Richard Carroll fit signe à ses bateliers de ramer, et dit :

« Miss Lucy, vous vous repentirez de cette parole ! »

Tout le monde lui cria: « Bon voyage ! »

Au moment où le bateau prenait le large, je vis avec étonnement à l'arrière une figure étrange, le menton et presque le nez enveloppés d'une cravate de laine rouge, le front et les yeux couverts d'une perruque épaisse et semblable à celle des paillasses de la foire. Sur cet ensemble était posé un chapeau qui tenait le milieu entre celui d'un officier et celui d'un laquais.

Le vieux Buffalo me toucha le coude et dit :

« Trahison ! trahison ! »

Et Pied-de-Cerf l'Algonquin qui était à côté de lui, ajouta :

« Monsieur de Kildare, n'avez-vous pas reconnu l'homme à la perruque ? Je l'ai bien reconnu, moi! C'est Kronmark ! »

Buffalo reprit : « Cet homme a rôdé toute la soirée. Questionneur, le visage pâle, mauvais signe.

— Mais qu'est-ce qu'il a demandé, Buffalo ?

— Où est trésor ?

— Quel trésor ?

— Trésor de Montluc, pris sur Espagnols il y a quarante ans par le *Grand-Ours-Noir*. Caché ici ou ailleurs, personne ne sait, excepté le vieux Montluc et son fils, et moi, vieux Buffalo ! Quand serons morts tous trois, trésor perdu pour tout le monde. »

Quant au Père Fleury, il n'ajouta rien, si ce n'est :

« Soyez vigilant, monsieur de Kildare. Je sens qu'un grand danger nous menace tous. Peut-être avez-vous eu tort de laisser partir sir Carroll. »

IX. — M. LE CURÉ DE GIMEL ACCEPTE LA SUCCESSION DU PÈRE FLEURY

DEUX jours après arriva dans l'île une lettre envoyée par Montluc le Rouge. La voici :

« Québec.

« Mon cher Donald, aiguisez votre épée, ceignez vos reins et préparez-vous à partir avec moi pour l'Europe. Vous demanderez sans doute par quel moyen, car le Saint-Laurent est gelé depuis deux jours, et l'on pourrait aller d'ici à l'île de Terre-Neuve à pied si d'énormes montagnes de glace, toujours mobiles, et dont le seul poids écraserait comme un œuf les plus grands vaisseaux de guerre, ne rendaient le passage impossible. Il n'importe. Il faut passer à tout prix. M. de Frontenac, le gouverneur, me l'a demandé, en ajoutant que, si je refusais, la Nouvelle-France, attaquée de tous côtés par les Anglais et les sauvages, allait périr.

« C'est vrai. Aussi je n'hésite pas.

« Mais il me faut un compagnon, un officier du roi, car un sauvage canadien tel que moi, fils d'ailleurs d'un ancien rebelle, serait mal vu de Louis XIV. J'ai pensé à vous, Donald. Nous avons vingt chances de périr contre une d'arriver au but; mais j'ai vu dans la baie d'Hudson ce que vous êtes capable de faire. Dans trois jours, je serai à la Tour-Montluc. Nous partirons le lendemain, car le temps presse, et les Anglais, réconciliés avec les Iroquois et les autres sauvages, pourraient envahir la Nouvelle-France pendant l'hiver.

« MONTLUC LE ROUGE. »

Il arriva cinq jours après, à la Tour-Montluc, ayant fait un détour de vingt lieues pour consulter et revoir son père qui revenait de son côté, ayant fait l'échange des prisonniers et ramenant cent quarante-trois Canadiens en échange des cinq cents Anglais ou Allemands qu'il venait de rendre aux Anglais.

Dès leur arrivée, l'on tint conseil. Toute la famille de Montluc y fut admise, y compris le Père Fleury, le vieux Buffalo et moi. Ce conseil dura trois jours; il y fut décidé, outre plusieurs choses qui sont le secret de M. de Frontenac, de MM. de Montluc et du roi Louis XIV, que si Mlle Athénaïs de Montluc n'avait pas trop de regret à changer son nom contre celui de comtesse de Kildare, nous serions mariés à mon retour en même temps que miss Lucy et mon ami Montluc le Rouge. Mlle Athénaïs eut la bonté de ne pas dire non. Mme de Montluc, sa mère, consentit avec plaisir (à ce qu'elle disait du moins). M. de Montluc le père dit que ma conduite en Irlande et dans l'attaque du fort de la baie d'Hudson lui donnait l'opinion que ce mariage serait également honorable pour la France et pour l'Irlande.

Le lendemain, nous prîmes la route du Mississipi, Montluc le Rouge et moi, accompagnés de dix Canadiens seulement.

De toutes nos aventures, je ne vous raconterai qu'une seule, monsieur le curé, parce qu'elle vous expliquera comment nous sommes venus en France n'ayant à notre service ni brick, ni frégate, ni argent, ni même vaisseau de commerce, ayant, au contraire, une grande flotte anglaise et hollandaise pour nous barrer le passage. Arrivés à l'embouchure du Mississipi, nous tînmes conseil, car il était difficile de se hasarder à passer d'Amérique en France et de faire deux mille sept cents lieues sur un petit bateau qui n'allait qu'à la voile et à la rame sur les rivières, mais que la première lame de l'Atlantique devait noyer d'un coup avec tout l'équipage.

Montluc le Rouge nous dit:

« Nous n'avons pas de temps à perdre. Nous sommes au 15 janvier. Il faut que j'arrive en France dans deux mois et que nous revenions à Québec vers le 20 mai. Donc il faut partir. »

On aurait cru, à l'entendre, qu'il s'agissait de monter sur un bac et de traverser une rivière large de six pas et profonde de six pieds.

Je lui demandai: « Irons-nous sur cette barque? »

A quoi il répliqua sans s'étonner: « Oui, si c'est nécessaire... »

Et tous ses Canadiens, qui le connaissaient capable de tout, applaudirent.

Il ajouta: « Mais ce n'est pas nécessaire! Nous aurons bientôt un vaisseau superbe, excellent, bien gréé, bien mâté, et qui ne nous aura rien coûté que la peine de le prendre. »

Cela fit beaucoup rire tout l'équipage.

Il faut vous dire, monsieur le curé, que la mer des Antilles appartient presque tout entière aux Anglais et aux Espagnols, ennemis du roi de France, et que si l'on excepte deux ou trois petites îles qui sont aux Français, et qui ne tiennent pas plus de place sur cette mer que deux ou trois mouettes sur un grand lac et perdues parmi beaucoup d'autres, les officiers et les soldats de Sa Majesté n'ont pas un pouce de terrain où poser le drapeau de la France.

Nous allâmes donc donner tout exprès, et après avoir arboré le drapeau français, dans une frégate leste et coquette comme une jolie fille, mais armée de quarante gros canons, et qui, nous voyant venir, courut sur nous et du premier bond nous rattrapa.

La frégate (nous le savions déjà par le rapport des boucaniers de Saint-Domingue, et c'est pour cela que Montluc avait jeté les yeux sur elle), s'appelait la *Mouette* et volait comme un oiseau sur la mer. Aussi servait-elle d'éclaireur à la grande flotte anglo-hollandaise.

Le premier soin du capitaine de la *Mouette*, qui était Anglais, fut de nous tirer un coup de canon chargé au boulet, qui cassa la soupière du bord au moment même où le maître-coq (le cuisinier) venait de verser la soupe.

Montluc commanda aussitôt la manœuvre, qui était d'obéir à l'ordre de l'Anglais et de ranger notre gros vaisseau marchand bord à bord avec la frégate. Tout cela, sans répondre un mot au capitaine de la *Mouette*,

qui dut le croire résigné à son sort. Mais à peine une vingtaine de matelots anglais bien armés eurent mis le pied sur notre bord, croyant n'avoir qu'à prendre possession du vaisseau marchand, que Montluc, qui jusque-là gardait une contenance accablée, s'écria: « En avant! » et d'un saut passa d'un vaisseau sur l'autre, ce qui était facile, car les deux coques se touchaient. Nous le suivîmes tous, la hache d'abordage dans une main, le pistolet à deux coups dans l'autre, et, en moins d'une minute, grâce à la surprise des Anglais, nous abattîmes une trentaine d'hommes. Dans le combat corps à corps, nos Canadiens n'ont pas d'égaux.

Par bonheur, l'équipage anglais, quoique dix fois plus nombreux que nous, n'était pas sur ses gardes. Croyant n'avoir affaire qu'à des marchands paisibles, le capitaine de la *Mouette* n'avait pris aucune précaution.

Pendant qu'un peu remis de sa surprise, il ralliait ses hommes et se défendait vaillamment, le hasard voulut que Montluc entendît, au milieu de l'affreux tumulte, des cris singuliers qui partaient de l'entre-pont:

« Au secours! au secours! »

Il me dit: « Kildare, continue, ne t'occupe pas de moi. Je soupçonne quelque chose. J'entends qu'on parle français en bas. »

Et, faisant signe à un autre Canadien, il descendit, la hache à la main, dans l'entre-pont, abattit à ses pieds deux factionnaires, enfonça la porte et trouva trente prisonniers français qui criaient à tue-tête pour se faire entendre de nous.

Il ne leur dit qu'un mot: « Venez! »

Ces braves gens le suivirent à la course, s'armant de tout ce qu'ils trouvaient sous la main, haches, piques, anspects, épées, portes brisées, et, Montluc en tête, arrivèrent bien à propos pour nous secourir, car nous commencions à plier sous le nombre, et les Canadiens eux-mêmes, ne voyant plus leur chef, le croyaient mort et perdaient l'espérance de vaincre.

Mais, quand il reparut avec une troupe nouvelle et pleine d'ardeur, la face du combat changea. Le capitaine de la *Mouette* et ses officiers furent tués avec plus de cinquante hommes de l'équipage. Le reste se rendit et alla prendre dans l'entre-pont la place des prisonniers français que nous avions délivrés.

Parmi ces derniers, un surtout avait donné l'exemple: c'était Gandar, le capitaine marseillais.

Quand nous fûmes maîtres de la *Mouette*, Montluc, qui l'avait remarqué dans le combat, lui demanda son nom: « Té, dit l'autre, je suis Gandar, l'ancien propriétaire de la *Mouette*, et toi?

— Moi! je suis Montluc le Rouge... Qu'est-ce que tu faisais là?...

— Dans cet entre-pont? dit le Marseillais. Dans cette cave? dans ce souterrain? Eh bien, voilà! Je me promène sur la mer depuis dix ans pour mon intérêt et pour celui du roi de France. Je tue ses ennemis et je lui donne de l'argent pour ça, quoiqu'il ait plus d'argent que moi et quatre cent mille hommes, outre moi, pour tuer ses ennemis. Mais je suis généreux, c'est mon caractère. On ne se refait pas à mon âge de cinquante ans, n'est-ce pas? En deux mots, tune de mon *pichoun*, un garçon que je veux te montrer quelque jour, quand tu viendras à Marseille, et dont la mère, ma pauvre chère défunte, était, en son vivant, reine d'une des îles qu'on voit là-bas sur l'Océan,

« *MISS LUCY, VOUS VOUS REPENTIREZ DE CETTE PAROLE* »

je suis corsaire, et j'ai des lettres de Sa Majesté pour courir sus à tous ceux qui ne veulent pas convenir que le Roi Très-Chrétien est le plus grand roi de la terre... Voilà dix ans, comme je te l'ai dit, que je fais ce métier qui rapporte gros et qui fait la for- entre Java et la Chine... J'ai déjà gagné plus de neuf millions, dont j'ai donné le cinquième au roi pour faire le grand seigneur à Versailles, et la moitié à mon équipage pour l'encourager à bien faire. Et voilà!

— Mais tu t'es laissé prendre? dit Montluc.

— Ah! qu'est-ce que tu veux?... On n'est pas toujours heureux. Je croisais par ici le mois dernier, cherchant quelque marchand sur la mer, comme un chasseur qui cherche le gibier... Alors, tout d'un coup, un brouillard est venu, qui a duré trois jours. A la fin du troisième, je me suis trouvé, sans le savoir, au milieu de la grande flotte des Anglais et des Hollandais, — un contre cinquante. Les lâches! ils se sont mis cinquante contre un et m'ont pris. Et voilà! Et tu m'as délivré! Et tu m'as l'air d'un bon enfant! Et, quand tu viendras à Marseille, je te recevrai mieux que le roi et je te montrerai le *pichoun*. Si tu n'es pas content, tu m'étonneras. Et maintenant entre nous deux, c'est à la vie! à la mort! »

Voilà comment nous fîmes connaissance de notre ami Gandar.

Grâce à lui, à son équipage retrouvé, à sa frégate qui va plus vite que le vent, nous arrivâmes en cinq semaines au Havre, sans avoir fait aucune mauvaise rencontre.

« Où faut-il vous attendre? demanda Gandar.

— A Bayonne », répondit Montluc.

Gandar reprit la mer. Nous sommes allés, Montluc et moi, à Versailles, où M. de Pontchartrain, ministre de la marine, ne daigna pas nous recevoir; mais Montluc le Rouge, sans s'étonner, tira de sa poche une poignée de doublons d'Espagne, les donna à l'huissier de l'antichambre du roi, entra avec moi dans le salon d'attente, et, voyant passer Louis XIV, qui est un petit vieux de mine majestueuse, s'avança et lui dit: « Sire... ».

Le petit vieux le regarda d'un air étonné.

« Sire, continua mon ami Montluc, qui n'est pas pour rien le fils du vieux baron Annibal, nous avons fait, M. le comte de Kildare et moi, trois mille lieues en pays ennemi, et parmi les flottes anglaises, pour voir Votre Majesté et pour lui donner des nouvelles du Canada.

— Ah! dit le roi, qui devint attentif. Eh bien?...

— Eh bien, sire, M. de Pontchartrain nous a fermé sa porte, comme si nous étions venus lui demander l'aumône. »

Sa Majesté fronça le sourcil.

« Qui êtes-vous, monsieur?

— Sire, je suis le fils du baron Annibal de Montluc, qui a combattu cinquante ans pour Votre Majesté et que le cardinal Mazarin fit condamner à mort pour s'emparer de ses biens. Ma mère est la fille de Samuel Champlain, qui vous a donné un royaume, la Nouvelle-France, six fois plus grand que celui-ci, et la petite-fille du grand chef des sauvages Ériés. Moi, je suis Montluc le Rouge, et si Votre Majesté n'a pas entendu parler de moi, ses ennemis me connaissent et m'ont vu souvent l'épée à la main. »

Le roi se tourna vers un huissier et dit:

« Appelez M. de Pontchartrain. Vous, monsieur, suivez-moi. »

Puis il me demanda mon nom et parut se souvenir de moi.

« Votre père, monsieur le comte de Kildare, était un brave gentilhomme qui se fit tuer à la bataille de la Boyne, pour le service du roi Jacques. Vous-même, vous avez été blessé à mon service, à Steinkerque. Je suis content de vous voir. »

Pour Montluc, il n'eut pas le moindre compliment. Le roi, qui est rancunier, se souvenait que le père avait été rebelle et retrouvait dans le fils tout l'orgueil du père. Cependant, après l'arrivée de Pontchartrain et la lecture des dépêches de M. de Frontenac, son front majestueux se dérida. M. de Frontenac avait fait un tel éloge de Montluc et de ses exploits, que le roi nous congédia en disant:

« Monsieur de Montluc, en faveur de vos services, je veux bien oublier les fautes de votre père... »

A ces mots, Montluc se leva, indigné.

« Sire, mon père et moi, nous ne regrettons rien, si ce n'est d'avoir perdu les bonnes grâces de Votre Majesté, et nous ne demandons rien, si ce n'est la faveur de nous faire tuer en combattant les ennemis de la France, et de vous garder, au prix de notre sang, une province qui pourra devenir un jour le plus grand empire de l'univers. Mon ami, M. de Kildare, prendra les ordres de Votre Majesté et emmènera les troupes que vous daignerez envoyer à Québec. Pour moi, je pars. »

Ayant ainsi parlé, il sortit.

Je ne le suivis pas. Je sentis qu'il fallait raccommoder nos affaires. J'entendais déjà Pontchartrain suggérer à demi-voix d'envoyer ce gentilhomme rebelle passer quelques années à la Bastille. Alors je pris la parole à mon tour et je dis:

« Sire, pardonnez à la vivacité de M. de Montluc. Son père est pour lui, comme pour la moitié des Canadiens, le défenseur et le vrai rempart de la Nouvelle-France. Vingt fois il a presque seul soutenu la colonie, en prodiguant son argent et son sang. »

Enfin je plaidai sa cause avec toute l'éloquence de l'amitié. Le roi le fit rappeler et lui dit gracieusement:

« Monsieur le sauvage, fils d'un rebelle, je ne vous pardonne pas, je vous tends la main, et je rends à votre père tous les biens qu'on a confisqués sur lui il y a quarante ans. Dites-lui que j'apprécie vos services et les siens. Je sais qu'en tout temps, et même lorsqu'il était en froid avec M. le cardinal Mazarin, il a vaillamment défendu, l'épée à la main, l'honneur et les droits de la couronne de France. Dites-lui que je lui rends mon amitié. Pour preuve, je vous donne à vous-même l'ordre du Saint-Esprit, qui n'est donné qu'aux plus illustres et aux plus braves gentilshommes de mon royaume. M. de Pontchartrain va faire équiper six vaisseaux chargés de troupes pour le Canada. M. de Kildare, en arrivant, prendra le commandement du régiment de Royal-Irlandais, vacant depuis la mort du brave M. de Sasfield. Monsieur de Kildare, je vous en fais colonel et je me charge de payer le prix du régiment. »

Comme je lui baisais la main pour le remercier et prendre congé, il ajouta:

« Monsieur de Kildare, si vous préférez demeurer en France... »

Je refusai... Il parut étonné et se fit expliquer les motifs de mon refus, dont le principal était mon mariage avec Mlle de Montluc.

Sa Majesté daigna sourire et regretta de ne pas pouvoir signer mon contrat de mariage. Puis, comme mon ami Montluc s'inclinait respectueusement pour sortir en même temps que moi, le roi daigna lui dire:

« Etes-vous content, monsieur le sauvage, monsieur Montluc le Rouge ? »

A quoi il répliqua:

« Sire, je n'attendais pas moins de votre justice et de votre bonté.

— Et, ajouta le roi, qui nous accompagna jusqu'à la porte de son cabinet, en vue de toute la cour, je veux vous réconcilier avec M. de Pontchartrain.

— Sire, répliqua Montluc, je vous remercie. Ce n'est pas nécessaire. M. de Pontchartrain sera mon ami tant qu'il servira bien Votre Majesté. »

Pontchartrain fit la grimace, mais le roi sourit en disant:

« Sauvage ! »

Le soir même, nous partîmes avec ses instructions, signées de sa main, et nous voilà. »

Comme M. de Kildare achevait son récit, Montluc le Rouge rentra au presbytère avec Phœbus.

« Il faut partir, dit-il, j'ai vu le chemin. Il n'est pas bon, mais nous en avons de pires en Canada. »

Je voulus en vain le retenir. Il ajouta: « Mon cher curé, vous m'avez donné une si bonne et si cordiale hospitalité, vous, Marion et Beaupoil, que je veux vous emmène en Canada, si vous voulez, tous les trois. Nous avons besoin d'un bon curé, qui nous console de la perte prochaine du Père Fleury. Voulez-vous venir ? »

Cette proposition parut plaire à tout le monde. Beaupoil, ayant perdu sa mère, n'avait plus rien à regretter et cherchait les aventures. Marion suivait Beaupoil comme son ombre, tout en maugréant contre lui cent fois le jour. Moi, je rêvais des exploits du Père Fleury et de la conversion des idolâtres. J'enviais la mort si glorieuse de saint Ignace d'Antioche et de tant d'autres saints; enfin je ne haïssais pas les aventures et je brûlais de voir des pays nouveaux.

C'est pourquoi, neuf jours plus tard (dans l'intervalle, Montluc le Rouge et M. de Kildare étaient allés reprendre possession du vieux château des Montluc autrefois confisqué, maintenant restitué), j'arrivai à Bayonne, où je devais retrouver M. de Montluc.

Mais comme il arrivait, il reçut à la fois deux terribles nouvelles. L'une, c'est que M. de Pontchartrain n'avait pas d'argent pour l'expédition projetée. Montluc leva les épaules avec mépris.

L'autre était un article d'un journal anglais, l'Observer, ainsi conçu :

« Nous apprenons qu'à l'ouest du Canada les troupes de Sa Majesté Britannique, commandées par sir Carroll, gouverneur du Massachusetts, viennent de remporter une grande victoire. Elles ont surpris et emporté d'assaut, avec l'aide des sauvages, le château de la Tour-Montluc, dans le lac Erié.

« Toute la garnison française a péri. On a fait un butin immense. Excepté quelques femmes, tout a été massacré par les sauvages. »

A cette lecture, que M. de Kildare faisait tout haut, je vis le visage de M. de Montluc frémir comme la mer sous la tempête. Il prit le journal des mains de son ami, relut la nouvelle et, sans dire un mot, courut chez son ami Gandar qui nous attendait dans le port avec la Mouette : « Tiens, lis ! »

Puis, lorsque Gandar eut fini de lire, Montluc ajouta : « Pontchartrain, malgré la promesse du roi, n'envoie ni hommes ni argent !

— Eh bien, dit Gandar, ne suis-je pas là, moi ? Té ! c'est dans le malheur qu'on connaît les vrais amis. Tu m'as rattrapé avec la Mouette et quinze cent mille piastres fortes, des mains de ces scélérats Anglais ! Eh bien, toutes mes piastres sont à toi. Tu me les rendras quand tu pourras. Jamais si tu veux ! ça m'est bien égal, va ! »

Montluc l'embrassa et lui dit: « Je savais que je pouvais compter sur toi. Fais tes préparatifs tout de suite. »

En même temps il fit publier à Bayonne qu'il prenait à son service avec cent piastres fortes, c'est-à-dire cinq cents francs, payables d'avance aux matelots et aux soldats ou à leurs familles, sans compter la solde ordinaire, tout homme de cœur qui connaissait la mer ou qui avait servi dans l'armée de Sa Majesté.

A ce bruit, quinze cents Basques se présentèrent.

En trois jours il équipa trois petits vaisseaux de guerre, mal armés peut-être, mais légers comme des oiseaux et montés par des équipages dont chaque homme avait passé au moins trois ans sur la mer.

Le quatrième jour, nous partîmes, Marion, Beaupoil et moi, sur la Mouette, qui tenait la tête de l'escadre, et nous cinglâmes vers le Canada.

La traversée fut heureuse, un peu difficile, un peu lente peut-être, mais sans danger.

Le quarante-cinquième jour de la traversée, un peu après le coucher du soleil, nous aperçûmes à quelques milles la terre d'Amérique et la presqu'île d'Acadie. Deux ou trois feux s'allumèrent de distance en distance sur la côte pour avertir les habitants du pays de notre arrivée. Nous entrâmes, à ce que je crus voir, dans un canal étroit et assez profond, au bout duquel était un port de médiocre étendue, mais sûr.

« Où sommes-nous ? demandai-je à M. de Montluc.

— Chez M. le baron de la Ville-Castin, mari de ma sœur aînée », répondit-il.

Bientôt les quatre bricks furent amarrés au rivage et la moitié de l'équipage mit pied à terre et suivit Montluc qui, par un chemin creux, nous conduisit à la maison du baron de la Ville-Castin. C'était un petit fort pourvu de deux canons ; il dominait la mer et le port, d'une hauteur de cent cinquante pieds environ. Un parapet à hauteur d'homme, garni d'embrasures et de meurtrières, servait à défendre la maison.

Montluc, qui marchait le premier, tomba, sur le seuil de la porte, dans les bras d'une dame grande et belle, de quarante-cinq ans ou environ, qui l'appela son frère, et qui lui ressemblait, sauf l'âge, comme une goutte d'eau ressemble à une autre.

« Ah ! dit-elle, en l'embrassant tendrement, tu sais notre malheur !

— Mon père est mort ! s'écria Montluc.

— J'espère que non ! J'ai reçu de lui un billet que tu verras tout à l'heure.

— Il n'est pas mort ? s'écria Montluc. Eh bien, je réponds de tout !... Et ma mère ?

— Elle est auprès de lui. Quant à Athénaïs et à Lucy, elles ont été enlevées par les Anglais... On ne sait pas ce qu'ils en ont fait. On croit que sir Richard Carroll les a fait embarquer pour l'Angleterre.

— S'il l'a fait, dit Montluc, j'irai lui couper les oreilles, fût-il au milieu de trois cents mille hommes !

— Et je t'aiderai, mon petit ! ajouta Gandar, qui nous avait suivis. Et les Anglais apprendront à leurs dépens ce qu'un Marseillais sait faire quand il donne la main à un Gascon. Je te les mets en marmelade un par un, six par six, avec ou sans sucre, à leur choix, tonnerre de quinze mille bombardes ! »

Comme il faisait ce serment, nous entrâmes dans la maison, et un grand, maigre, sec, long et fier gentilhomme s'avança vers nous en boitant légèrement et en s'appuyant sur sa canne. C'était M. le baron de la Ville-Castin.

« Bonjour, frère, dit-il. Je ne suis pas allé jusqu'au port pour te recevoir. Il m'est arrivé un petit accident, il y a deux mois, dont je ne suis pas encore bien remis.

— Une balle peut-être ? demanda Montluc en serrant la main du baron.

— Non, pas une balle, dit Mᵐᵉ de la Ville-Castin, mais trois, dont deux à la jambe droite et la troisième dans l'épaule.

— Bah ! reprit la Ville-Castin, c'est un petit accident. Dans huit jours je ne boiterai plus. Dans quinze jours, je serai frais et dispos. Les Anglais sont venus, il y a deux mois, au nombre de trois cents. Ils comptaient me surprendre. Ils sont entrés la nuit dans le port, ils ont tué un factionnaire et quatre ou cinq hommes qui se sont bien défendus. Au bruit des coups de fusil, j'ai sonné de la trompe pour appeler au secours nos Abénaquis chrétiens du village voisin. Ils sont arrivés en toute hâte, se sont jetés avec rage sur les Anglais et ont tout tué.

« Malheureusement, dans la bagarre j'ai reçu trois balles. Ma femme, qui est aussi habile qu'un chirurgien, et qui a la main légère, les a retirées toutes trois, de sorte qu'au fond ça m'a fait plus de bien que de mal. L'essentiel, c'est que notre père est vivant.

« Il y a trois mois à peu près, un bruit terrible se répandit dans toute la Nouvelle-France, et vint jusqu'à nous, en Acadie. On assurait que notre père venait d'être surpris et assassiné par les Iroquois, que le château de la Tour-Montluc était brûlé, et que notre frère Charlot avait péri... Je voulus partir pour le lac Érié, mais je reçus en même temps de M. de Frontenac, gouverneur du Canada, l'avis que ce malheur n'était que trop véritable, qu'il ne pouvait pas être réparé, qu'une flotte anglaise menaçait l'Acadie et qu'il fallait garder mon poste à tout prix. J'obéis, remettant la vengeance à un autre temps. Un mois après eut lieu le débarquement des Anglais, et vers le même temps, Buffalo arriva...

— Comment ! interrompit Montluc, le vieux Buffalo est ici ! Ah ! celui-là du moins doit savoir ce qui s'est passé. Où est Buffalo ?

— Il est venu, mais il est reparti, laissant ce billet d'une main que tu reconnaîtras sans doute. » Et il tendit un papier déchiré, que M. de Montluc lut tout haut :

« Mon cher la Ville-Castin,

« Je ne suis pas mort, comme le disent les Anglais. J'ai de graves blessures, voilà tout. Ma maison est brûlée. Charlot a disparu. Lucy et ma fille Athénaïs sont prisonnières des Anglais. Ma femme, qui n'a pas voulu me quitter, est avec moi dans l'île des Serpents à sonnettes, à trois lieues de la Tour-Montluc, dont je puis contempler de loin les ruines. Le fruit de quarante ans de travail et de guerre est perdu. Tout est donc à recommencer. Compter sur M. de Frontenac, qui compte lui-même sur M. de Pontchartrain et sur les ministres de Versailles, c'est compter sur le vent qui souffle. Il faut faire nos affaires nous-mêmes. Je compte sur vous, mon cher la Ville-Castin, pour réunir tous vos amis et venir à mon secours. En remontant d'un côté le Saint-Laurent, et de l'autre la rivière des Ontanois, que les Anglais appellent Ottawa, parce qu'ils ont la bouche tournée de travers dès le jour de leur naissance, ramassez tout ce que vous trouverez de braves gens. Je l'aurais fait moi-même si je pouvais bouger ; mais comment ? A peine puis-je écrire. Les Anglais connaissent peut-être ou soupçonnent le lieu de ma retraite, mais aucun d'eux, grâce à l'industrie de Buffalo, n'osera venir m'y chercher. Pour effrayer les Hurons et les Algonquins, ils répandent partout le bruit que je suis mort. Je laisse dire. Ma résurrection n'en sera que plus éclatante. En attendant, Buffalo est chargé d'avertir tous nos amis, depuis le lac Supérieur jusqu'à l'Acadie, qu'il faudra se tenir prêt avant peu.

« Mon île, sur un espace de dix mille arpents environ, contient plus de cent mille serpents à sonnettes. Je crois qu'elle en est la patrie. Vous dire comment Buffalo nous a enseigné l'art de nous préserver de ces dangereuses bêtes et comment il a su lui-même en faire ses meilleurs amis, c'est impossible. Il y a de la sorcellerie dans son affaire. Dès qu'il leur parle, les serpents répondent en sifflant, se tordant et dansant autour de lui d'un air joyeux, sans qu'aucun d'eux s'avise de le mordre. Quant à nous préserver de leur morsure, il a trouvé un moyen infaillible, une herbe admirable dont l'odeur seule les met en fuite, de sorte qu'ils s'écartent de nous comme de la peste. Excepté Charlot, qui est le confident des pensées et des recettes de Buffalo, personne n'entend rien aux sorcelleries du vieil Érié, et il faut avouer qu'il en tire un parti merveilleux. Pour tout dire, c'est lui qui m'a sauvé la vie. Vous pouvez donc avoir en lui confiance entière...

« ANNIBAL DE MONTLUC. »

— Voilà, ajouta M. de la Ville-Castin, en reprenant la lettre, ce que ton père me mandait il y a deux mois.

— Ah! dit Montluc le Rouge. Et qu'as-tu fait, frère?

— Moi! rien, dit le vieux gentilhomme en se redressant. Que pouvais-je faire, il y a deux mois, étendu sur mon lit de douleur?

— Toi, oui; mais tes fils?

— Les quatre aînés sont partis. Deux autres, trop jeunes, sont restés au logis par mon ordre. Il ne faut pas que la maison reste vide. Les Anglais pourraient revenir d'un jour à l'autre.

— Où sont-ils, tes deux fils?

— A quinze lieues d'ici, l'un à l'est, l'autre à l'ouest. Ils inspectent la côte, ils visitent nos bons Abénaquis chrétiens, ils s'informent de ce qui se passe à New-York et à Boston et des projets que méditent contre nous les Anglais. Enfin, ils ne perdent pas leur temps, je te jure. »

Comme on allait servir le repas sur ces entrefaites, Montluc le Rouge, s'adressant à M. de la Ville-Castin, lui dit:

« Frère, tu ne connais pas mon cher ami, M. l'abbé Lefranc, ancien curé de Gimel? Il a quitté sa paroisse, où il était seigneur et maître, sa cave remplie du meilleur vin que j'aie jamais bu, un presbytère qui valait un palais, tant il était chaud en hiver, frais en été, commode en toute saison; il vient chez nous, pour évangéliser et convertir les sauvages, pour s'exposer à tous les supplices, à la dent des loups dévorants, à la misère, à la mort. »

Après le souper, nous retournâmes à bord. A cinq heures du matin, nous sortîmes du port et nous reprîmes la direction de Québec, où nous arrivâmes huit jours plus tard.

Il était environ cinq heures du soir lorsque nous arrivâmes en vue de Québec, et nous fûmes signalés par les sentinelles françaises et par cinq coups de canon chargés à poudre,

auxquels nous répondîmes avec toute la politesse dont on a coutume d'user entre flottes et citadelles alliées ou du même pays.

Au même instant, Montluc le Rouge, qui regardait de loin le rivage avec sa lunette d'approche, poussa un cri de joie: « Buffalo! Voici Buffalo! »

M. de Kildare, qui se tenait à côté de lui, regarda à son tour et dit: « C'est peut-être lui. Vous autres, Canadiens et Sauvages, vous avez des yeux qui perceraient la nuit. Mais moi, je ne vois rien ou presque rien. »

Alors Gandar, le Marseillais, s'approcha, se fit montrer Buffalo et demanda: « Est-ce cet objet que je vois descendre comme une flèche, du haut de la citadelle?

— C'est lui, répondit Montluc.

— Ah! ah! dit Gandar. C'est noir, rouge ou jaune, je ne sais pas encore, mais c'est long et maigre comme une sauterelle et ça fait des bonds comme un cabri... C'est bien ça, n'est-ce pas? »

Et comme Montluc faisait signe qu'il avait raison, Gandar s'écria, d'un air dédaigneux: « Eh bien, il n'est pas joli, ton Buffalo; et sa couleur serait bonne pour une brique, mais non pour un chrétien.

— Ah! dit Montluc, c'est mon meilleur ami.

— Comme ça, répliqua Gandar, tu me comptes donc pour rien, mille noms d'une pomme! Enfin, nous allons le voir, ton ami-couleur de brique, et savoir de quel métal il est fait. »

Un quart d'heure après, nous vîmes une barque se détacher du rivage et courir sur nous à toute vitesse, conduite par un seul homme. C'était Buffalo.

« Tu m'attendais, n'est-ce pas? dit Montluc le Rouge, en le recevant dans ses bras.

— J'attendais, répondit le sauvage.

— Par ordre de mon père.

— Oui. Le Grand-Ours-Noir m'a dit: « Tu iras chez la Ville-Castin, tu l'avertiras. Tu attendras mon fils à Québec. Tu lui apprendras tout. En descendant le Saint-Laurent, tu feras savoir à tous nos amis que je leur donne rendez-vous au 15 juin, à l'île des Serpents. »

— Où est ma mère?

— Avec le Grand-Ours-Noir. Anglais ont voulu l'emmener prisonnière. Iroquois ont refusé. Ont dit qu'ils n'oseraient jamais porter la main sur la fille des grands chefs Ériés et de Samuel Champlain. Anglais entêtés. Iroquois indignés. Anglais ont parlé fusils. Peaux-Rouges ont parlé flèches. Visages-Pâles ont cédé.

— Et ma sœur?

— Athénaïs? Emmenée dans les bois avec les autres prisonniers. A suivi Visages-Pâles. Sans frayeur, est montée à cheval avec eux, faisait tenir l'étrier par les officiers anglais, commandait partout, encourageait Lucy, disait: Père et mère sont en sûreté. Père sera bientôt guéri. Frère va revenir. Mettront tous deux le feu à villes de Boston et de New-York jusqu'à ce qu'on nous rende liberté.

— Ah! s'écria Montluc, elle avait raison de compter sur moi! Et Lucy?

— M'a dit: Buffalo, voici bague, petit manitou. Donneras à Montluc le Rouge, diras que je n'aurai jamais d'autre mari que lui.

— Comment as-tu su tout cela?

— Bien simplement. Ai suivi l'armée anglaise dans les bois, pendant cent lieues. Faisais le simple d'esprit, jouais de la flûte, appelais serpents à sonnettes pour les faire rouler autour de moi comme cravate. Ai parlé à ta sœur et à Lucy, ai entendu sir Carroll qui menaçait d'envoyer en Angleterre. Un soir, suis parti, ai marché toute la nuit. Factionnaire habit rouge a voulu m'arrêter, lui ai donné coup de tomahawk et rejoint ton père, le Grand-Ours-Noir, dans sa caverne. »

Je m'approchai pour demander au vieux Buffalo où était située la caverne du Grand-Ours-Noir; mais le vieil Érié me répondit gravement: « Dans l'île des Serpents, où personne ne peut entrer sans ma permission ». Puis il ajouta, s'adressant à Montluc: « C'est le père de la prière? »

— Oui.

— Tant mieux. Nous avons besoin. Le vieux Père des prières est mort.

— Le Père Fleury? »

Le sauvage fit signe que oui. Alors Montluc le Rouge me dit: « J'avais raison de vous emmener! » Et il reprit: « Est-ce qu'il s'est endormi de vieillesse? »

Buffalo répliqua: « Pas endormi, le Père Fleury. Dormira en paradis devant le Grand Manitou. » Puis, d'une voix éclatante et furieuse, il ajouta: « Non! non! pas endormi! Scalpé! déchiré pendant cinq jours! »

A cette terrible nouvelle, Montluc étendit le bras vers le ciel et dit: « O Père Fleury, mon vieux maître, mon vieil ami, ô le dernier des saints, vous serez vengé, je le jure!... Quels sont ses meurtriers? Les Anglais ou les Iroquois? »

— Peaux-Rouges ont scalpé, répondit Buffalo. Visages-Pâles ont laissé faire, disant que c'était prêtre, bon à jeter au feu.

— Eh bien, dit Montluc le Rouge, en s'adressant à moi, c'est vous, monsieur l'abbé, qui allez prendre sa place. Vous serez, s'il plaît à Dieu, l'évêque des Grands Lacs. »

X. — LE MARTYRE DU PÈRE FLEURY

NOTRE vaisseau amiral, comme disait pompeusement notre ami Gandar, ou plutôt notre brick, vint s'amarrer au port de Québec, suivi des trois autres bricks, et nous aperçûmes à quelque distance, descendant lentement et majestueusement le sentier qui va de la citadelle à la ville basse, plusieurs officiers, parmi lesquels l'un d'eux, gentilhomme fort âgé, mais de haute mine et de fière apparence, fut salué, dès les premiers mots de Montluc le Rouge, du titre de gouverneur.

C'était en effet M. le comte Armand de Frontenac, lieutenant général des armées de Sa Majesté le Roi Très Chrétien, gouverneur de la Nouvelle-France, qui prenait la peine de venir au-devant de nous, malgré l'étiquette.

Comme il nous l'avoua franchement le soir même, il était si curieux, si inquiet et si pressé de recevoir des nouvelles de France qu'il n'avait pas cru devoir attendre une minute de plus, et qu'il se précipitait en tête de tout son état-major pour connaître plus tôt les ordres de Sa Majesté.

A la vue de Montluc le Rouge, il parut aussi étonné que charmé. Evidemment il ne l'attendait pas si tôt.

« Monsieur le chevalier, dit-il à Montluc en lui tendant les bras, nous sommes tous bien heureux de vous revoir; mais il est arrivé de terribles malheurs à votre famille.

— Je sais tout, monsieur le gouverneur, répondit laconiquement Montluc le Rouge, et je viens pour venger ce que je n'aurai pas pu réparer. »

Sur ce mot, M. de Frontenac s'inclina d'un air de respect et de déférence et nous invita à le suivre dans son palais.

Pour moi, comme j'allais obéir, le supérieur du couvent des Jésuites de Québec me prit doucement par le bras et me dit: « Monsieur l'abbé, notre maison est la vôtre, et ce serait nous faire un véritable affront que de n'en pas user librement avec nous. Venez donc souper. »

Je consultai des yeux Montluc le Rouge, qui me dit:

« Soupez, soupez à terre, monsieur l'abbé, mais ne couchez qu'à bord, car nous partirons cette nuit. »

Le souper fut simple, abondant et varié.

Au bout de cinq minutes je fus reçu comme un frère et chacun ne pensa plus qu'à me faire des questions sur la France, d'où j'arrivais. On me demanda des nouvelles du Grand Roi, de la Cour, de Versailles, et j'essayai de répondre de mon mieux sur les sujets qui ne m'avaient jamais été bien familiers. Après ce long interrogatoire, l'un des Pères me dit:

« Monsieur l'abbé, vous prendrez la place d'un grand saint, d'un martyr comme on n'en voit plus dans le siècle présent, du Père Fleury enfin.

— Je tâcherai de suivre de loin ses traces.

— Ah! dit le révérend, ce ne sera pas facile... Savez-vous comment il est mort? »

Je témoignai le plus vif désir de l'apprendre.

« En l'absence de M. de Montluc le Rouge, voici ce qui arriva. A force d'argent, les Anglais de Boston et les Hollandais de la

Nouvelle-York ont fini par corrompre quelques centaines de sauvages, de ceux sur lesquels M. le baron Annibal de Montluc comptait le plus. Une nuit, comme il avait envoyé la plupart de ses hommes à la chasse et à la pêche et restait presque seul à la Tour-Montluc, il fut surpris au milieu de son sommeil par un corps d'armée de deux ou trois mille Anglais et sauvages, qui s'étaient avancés sans être vus sur le lac Érié à la faveur des îles boisées.

« Au premier coup de fusil, il sauta sur ses armes et descendit vers le rivage pour jeter à l'eau les assaillants. Par malheur ils étaient cent contre un ; les cinq ou six braves gens qui le suivaient furent accablés sous le nombre et périrent, entre autres le vieux Carréguy, qui depuis cinquante ans ne l'avait jamais quitté dans la bataille. Lui-même fut frappé de cinq balles et de trois coups de baïonnette. Un autre en serait mort, mais le vieil Annibal est d'un ciment où l'épée des hommes ne peut mordre. Comme il faisait nuit noire, le Père Fleury, sans doute inspiré de Dieu, eut une de ces idées qui ne peuvent venir que dans l'âme d'un saint et d'un héros. Il tira à part Buffalo et lui dit : « Mon enfant, je vais attirer sur moi l'ennemi. Toi, enlève M. de Montluc dans ta « barque et transporte-le à l'île des Serpents « à sonnettes. Ne songe qu'à lui. Dieu veillera sur les autres. » Au même instant il donna tout haut sa bénédiction à tous, de manière à être bien vu des Anglais et des sauvages, et feignit de s'enfuir dans un canot abandonné... Les Anglais et les Iroquois le reconnaissant à sa voix se jetèrent sur lui, abandonnant M. de Montluc blessé, mais vivant encore, quoique évanoui. Buffalo, sans s'étonner ni faire autre chose qu'obéir au Père Fleury, le transporta dans une cachette qu'il ne veut révéler, dit-il, qu'après le retour de Montluc le Rouge.

« Quant au Père Fleury, les Anglais voulaient le pendre, parce qu'il avait souvent appris par les femmes des Iroquois les dangers qui menaçaient la colonie. Les sauvages, pour la même raison, voulaient le scalper, le déchirer, le découper, le faire rôtir, car ces pauvres gens aiment à tuer à petits coups, et

même quand nous les avons baptisés, nous avons bien de la peine à leur en faire perdre l'habitude. On donna donc le choix au Père Fleury. Le bon Père, qui était le meilleur homme du monde et le plus gai, leur dit : « Vous me donnez le choix, mes enfants, c'est « très bien. Mais entre quelles choses me donnez-vous à choisir ? » A quoi sir Robert Carroll, le gouverneur des Anglais de Boston, répondit : « Qu'aimez-vous mieux, mon « révérend : être pendu par les Anglais ou « scalpé par les Iroquois ? » Le bon Père Fleury se mit à rire et répliqua : « Sir Carroll, je ne puis pas répondre ; mais vous, « répondez, je vous prie. Lequel des deux « aimeriez-vous si vous étiez à ma place ? « Vous me paraissez un homme de bon sens, « je m'en rapporte à vous. » Ce qui fit rire les Anglais, et ce qui fit penser aux Iroquois que le Chef de la Prière, comme ils appelaient le Père Fleury, était un bien autre homme que tous les Visages-Pâles et tous les Peaux-Rouges, puisqu'il n'était ni furieux ni effrayé en face de la mort.

« Enfin les Anglais et sir Carroll lui-même n'osant pas assassiner ce saint vieillard l'abandonnèrent aux pauvres sauvages qui, dans leur aveuglement, ne pensèrent qu'à le martyriser de mille manières. Il fut écorché vif depuis la cheville jusqu'à la ceinture et livré aux piqûres des mouches pendant trois jours.

« On le faisait même boire et manger pour entretenir un dernier reste de vie. Pendant la nuit, les pauvres sauvagesses, touchées de sa douceur et de sa patience, venaient lui porter des consolations et lui demander des conseils.

« Lui, toujours lié à son arbre, écorché vif, scalpé, n'attendant et ne désirant plus que la mort, oubliait ses douleurs les plus atroces pour ne songer qu'au salut éternel de ces pauvres âmes ignorantes et aveuglées.

« C'est ainsi que le bon Père Fleury, écorché vif, scalpé, percé de mille coups, rendit enfin le dernier soupir, en bénissant ses bourreaux qui lui avaient fait gagner la palme du martyre, si longtemps désirée. »

Qui suis-je, m'écriai-je presque involontairement, pour succéder à un tel homme ?

XI. — LE CONSEIL DE GUERRE

Cependant l'heure du départ approchait, et Montluc le Rouge me fit avertir que l'on allait mettre à la voile. M. de Frontenac nous accompagna jusqu'au port. Quant à M. de Kildare, il avait, on le verra plus tard, une mission particulière et terriblement dangereuse.

Le gouverneur demanda à M. de Montluc quels étaient ses projets, « car, ajouta-t-il, vous voyez vous-même qu'il me reste à peine assez de soldats et de miliciens pour défendre Québec contre les Anglais qui peuvent venir à toute heure me surprendre.

— Le premier de tous mes projets, dit le jeune homme, c'est de retrouver mon père et ma mère ; le deuxième est de prendre les ordres de mon père et de lever une armée de miliciens volontaires ; le troisième est d'aller à Boston et de reprendre ma sœur et ma fiancée ; le quatrième est de jeter tous les Anglais à la mer.

— Ah ! s'écria Gandar, comme je comprends ça, de jeter les Anglais à la mer. Ça ne peut pas leur faire de mal, d'ailleurs, puisque c'est leur pays natal, à ce qu'ils disent, et leur contrée naturelle. Pour ça, je t'aiderai, mon petit, comme aussi pour tout le reste... Mais qu'est-ce que tu veux dire avec ton armée? Tu veux lever une armée, toi, mon bon? Et pourquoi faire?

— Pour prendre Boston, dit Montluc le Rouge, et pour délivrer Lucy et Athénaïs.

— Pour ça seulement?... Eh bien, est-ce que je ne suis pas là, moi, Gandar, de Marseille, avec mes neuf cents Basques et Marseillais, répandue sur mes quatre bricks? Est-ce que tu prends les Basques pour des tortues et les Marseillais pour des paralysés des quatre pattes?... Est-ce que tu ne sais pas qu'un Basque vaut six hommes ordinaires, et qu'un Marseillais, s'il ne se retenait pas (mais il se retient heureusement! sans ça!...), oui, un Marseillais en vaudrait neuf pendant la semaine et douze le dimanche?...

— Je le sais, dit Montluc.

— Eh bien, puisque tu le sais, qu'est-ce que tu me chantes avec ton armée que tu veux lever, comme si toi et moi et ceux que nous amenons nous ne faisions pas assez. »

Montluc le regarda et dit :

« Gandar, je compte sur toi et sur tes hommes; mais tu ne comprends donc pas qu'après que nous aurons pris Boston les Anglais voudront se sauver?...

— Ça, c'est bien naturel!

— Eh oui, c'est naturel, mais je ne veux pas, moi, qu'ils emmènent leurs prisonniers et surtout leurs prisonnières; il faut que quelqu'un soit là pour leur fermer la route : moi avec mes Canadiens du côté de la terre; toi...

— Avec mes Marseillais du côté de la mer, ajouta Gandar en éclatant de rire... Compris, mon petit!... »

J'étais aussi du conseil avec le vieux Buffalo. J'essayai inutilement de me défendre de cet honneur, alléguant mon inexpérience militaire.

« Ce n'est pas de vos armes temporelles que nous avons besoin, répliqua Montluc en riant, c'est de vos armes spirituelles, mon cher monsieur le curé, et Buffalo qui va vous servir de guide vous en enseignera l'usage et l'emploi. Allez donc hardiment; vous pouvez rendre à notre cause sainte autant de services que le plus brave soldat.

— Bonne physionomie! monsieur le curé, ajouta Buffalo dans son style sentencieux, meilleur à voir que les autres Visages-Pâles. Parole du Grand Manitou va plus loin que flèche des Iroquois et balle des Anglais. Perce les plus durs esprits. Retourne les cœurs. Père Fleury faisait plus de conquêtes que grand chef Ononthio et n'a jamais tué personne. »

Voyant qu'on attendait beaucoup de moi, je consentis à tout, priant Dieu de m'inspirer. Voici les résolutions qui furent prises.

Avant tout, il fallait connaître la situation de l'ennemi. Sir Robert Carroll, gouverneur de six provinces de la Nouvelle-Angleterre, avait dû emmener ses prisonnières à Boston, qui était le siège de son gouvernement, et où d'ailleurs il avait une garnison de cinq mille Anglais. Montluc ne doutait pas qu'il eût traité avec honneur sa sœur Athénaïs et Lucy,

d'abord parce que Carroll devait respecter le droit des gens, et ensuite parce qu'il se serait exposé avec les siens à de terribles représailles s'il avait agi autrement. Mais il craignait que, pour mettre son précieux butin en sûreté, il ne l'eût envoyé en Angleterre. A cette pensée, Montluc frémissait d'impatience et de colère.

D'un autre côté, comment savoir ce qui se passait à Boston? La ville était bien gardée. Le gouverneur avait les plus fortes raisons de veiller. Se fier aux rapports des sauvages était imprudent, les Peaux-Rouges changeant de parti de jour en jour suivant leur intérêt, et d'ailleurs étant beaucoup mieux payés par les Anglais que par les Français.

Alors M. de Kildare se leva et dit :

« Montluc le Rouge, je vois ce qu'il le faudrait : un homme qui parlât anglais comme les Anglais eux-mêmes, qui fît bon marché de sa vie et qui ne craignit pas d'être pendu.

— C'est cela même, répondit Montluc.

— Eh bien, ce gentilhomme, le voilà!

— Toi!

— Oui, moi! Car d'abord l'anglais est ma langue maternelle. Secondement, je ne crains pas d'être pendu si je suis pris.

— Pourquoi? demandai-je à mon tour.

— Monsieur le curé, parce que je suis condamné, dans mon pays et par jugement du parlement, à avoir la tête tranchée sur la grande place de Dublin comme rebelle au prince d'Orange (celui qu'ils appellent là-bas le roi Guillaume). Or vous savez comme moi l'axiome de procédure : non bis in idem. On ne meurt pas deux fois. Si ces coquins veulent me pendre, je me réclamerai du parlement anglais, qui tient à ses privilèges et qui ne me laissera pas tuer par un autre bourreau que le sien. La hache me tient; la corde ne peut rien sur moi. Les Anglais, voyez-vous, sont formalistes avant tout.

— Alors, dit Montluc, tiens-toi prêt; nous quitteras à Montréal. Mais par quel moyen comptes-tu entrer dans Boston?

— Cela, dit M. de Kildare, c'est mon affaire. »

Le conseil continua ses délibérations. Montluc résolut d'envoyer deux messagers, l'un sur la rive droite et l'autre sur la rive gauche du fleuve Saint-Laurent, pour avertir tous ses amis Canadiens de son retour et leur donner rendez-vous à l'île de la Tour-Montluc, dans le lac Érié. On était au 3 juin. Le rendez-vous était fixé au 21 du même mois, à dix heures du soir. Chaque homme devait avoir son fusil, cinquante cartouches et cinq jours de vivres.

Je demandai avec étonnement si cet appel aux armes amènerait une troupe nombreuse.

« Deux cents hommes, me dit Montluc le Rouge, pas davantage, car je défends qu'il vienne plus d'un volontaire par famille, afin de ne pas dégarnir les villages; sans cette précaution nous en aurions deux mille; mais deux cents suffisent. Ce n'est pas une guerre en règle que je veux faire, c'est une surprise que je vais tenter et qui finira peut-être par un assaut. Dans ce cas, un petit nombre suffit. »

Voilà quelle fut la deuxième résolution. Quant à la troisième, c'est Gandar qui fut chargé de l'exécuter.

qui garnissaient deux de ses bricks dans le fort de Montréal, y mettre les deux bâtiments à l'ancre jusqu'à son retour, redescendre le fleuve, croiser devant Boston et New-York, et, si Carroll tentait d'envoyer ses prisonniè-

« JE NE VOUS PARDONNE PAS, JE VOUS TENDS LA MAIN »

Il devait nous conduire d'abord jusqu'à Montréal. Là il devait débarquer la moitié de sa troupe, composée de Basques, de Gascons et de Marseillais, avec les vivres et les munitions nécessaires pour notre grande entreprise, déposer une vingtaine de canons

res en Angleterre ou d'y passer lui-même, le saisir au passage.

« Et, ajouta Gandar, je te promets que ce sera de l'ouvrage bien fait, mon petit, et que je prendrai ton Anglais de mes deux mains comme un rat avec des pincettes, et, par la même occasion, s'il résiste, je lui fermerai la bouche; foi de Gandar, je lui ferai voir trente-six chandelles en plein midi. »

Tous ces arrangements étant pris d'un commun accord, on mit à la voile.

Dès le lendemain matin, à déjeuner, comme nous étions tous réunis et que Gandar se récriait sur l'excellente bouillabaise que Marion nous avait fabriquée de ses mains, car elle était pour toute la traversée cuisinière du bord, Montluc s'écria tout à coup : « Où est donc Kildare? »

Personne ne put répondre. M. de Kildare avait disparu. Par où? Comment? Pourquoi? Personne ne pouvait le dire.

Gandar surtout était fort inquiet. La veille au soir il était descendu avec l'Irlandais et deux hommes pour demander un pilote à des colons dont on voyait les maisons de bois sur la rive. Ce pilote était nécessaire pour éviter certains rochers ou récifs cachés sous les eaux du Saint-Laurent et que les gens du pays connaissaient seuls. Le pilote était venu, nous avait fait traverser le passage difficile, avait été remis à terre à deux lieues de là, et personne n'avait remarqué l'absence de M. de Kildare à cause de la nuit qui était profonde.

Gandar s'accusait de ce malheur, car on ne pouvait pas douter que M. de Kildare n'eût péri.

« Eh bien, dit le Marseillais, puisque c'est moi qui ai fait la faute, car je n'aurais pas dû le quitter d'une semelle, ce garçon, c'est moi qui veux le réparer. Halte-là! »

— Que veux-tu faire? demanda Montluc.

— Je vais jeter l'ancre et descendre avec six de mes hommes et Buffalo. Nous reviendrons, après avoir battu la forêt, sonné de la trompe et tiré des coups de fusil. Si après cela il n'est pas revenu, c'est qu'il ne faut plus l'attendre.

— Resteras-tu longtemps?

— Moi! dit Gandar, le temps de fouiller buisson par buisson dix lieues carrées de pays, pas davantage. Cela veut dire trois heures d'horloge, té!... Est-ce que tu nous prends pour des paresseux, nous autres Marseillais?

— Eh bien, va donc, car mon ami O'Brian va peut-être se faire scalper par les sauvages. Il est si distrait!

Assis sur le bordage du brick, je regardais du côté du rivage. Tout à coup j'aperçus Gandar et ses hommes qui poussaient devant eux un prisonnier de mine austère et grave.

Le prisonnier, à le juger par l'apparence, était un homme de cinquante ans environ, de cinq pieds cinq pouces de taille, soigneusement rasé, cravaté de blanc, vêtu de noir, et qui tenait un livre sous le bras.

Quand on l'eut fait monter à bord, Montluc le regarda fixement et dit:

« Qui nous amènes-tu là, Gandar?

— Té, mon ami, répliqua le Marseillais, je n'en sais rien, interroge-le toi-même. Il ne parle qu'anglais. Ça doit être un ministre de Boston. Nous l'avons trouvé dans la forêt.

— Et Donald?

— Ah! le grand Kildare? Est-ce que je sais, moi, ce qu'il est devenu? J'ai sonné des fanfares pendant trois heures pour l'appeler. Il n'est pas venu: tant pis pour lui. Au reste, demande-le à cet homme. Peut-être en sait-il plus qu'il n'en veut dire. »

Alors Montluc le Rouge demanda en français à l'inconnu: « Votre nom? »

L'autre le regarda, et répondit: « *I don't understand.*

— Ah! ah! dit Montluc. Vous ne comprenez pas?... C'est vrai, ça?... *You don't understand?*

— *No!* répondit l'Anglais.

— Alors, mon ami, je vais, pour t'apprendre à parler français, te faire donner cinquante coups de corde. »

L'Anglais ne bougea pas et ne parut pas comprendre.

« A la bonne heure, dit Gandar, voilà qui fait parler les muets. »

On attacha l'Anglais au grand mât. J'essayai de lui venir en aide, et je dis à M. de Montluc:

« Pour l'amour de Dieu, monsieur, épargnez-le; c'est un chrétien, après tout, ou du moins laissez-moi le temps de le convertir.

— Eh bien, essayez, répliqua Montluc.

— Et nous, ajouta Gandar, partons, car le vent est en ce moment favorable pour remonter la rivière. D'ailleurs tu vois bien qu'il n'y a rien à espérer de cet homme. »

Alors eut lieu, entre l'Anglais et moi, la conversation suivante, où Montluc, également versé dans les deux langues, anglaise et française, servait d'interprète. Je ressentais, je dois le dire, une certaine sympathie pour ce malheureux qui ne paraissait même pas comprendre le sort auquel il était destiné. Il me semblait même par instants l'avoir vu quelque part; mais où? C'est ce que je n'aurais pu deviner.

Je lui dis donc avec douceur:

« Mon frère, qui êtes-vous? »

Montluc traduisit ma question et la réponse, qui fut:

« Je suis Phillips, de Boston, Massachusetts, ministre de la vraie foi presbytérienne. »

Ces mots, traduits par Montluc, avaient été prononcés avec une fierté fort proche du dédain.

Je repris doucement:

« Ne savez-vous pas, mon cher frère, qu'il n'y a de vraie foi que la religion catholique, apostolique et romaine, dont le siège est à Rome et dont le seul chef légitime est notre Saint-Père le Pape? »

Il répliqua vivement qu'il ne connaissait que la religion presbytérienne.

J'essayai à mon tour de le convertir et de le confondre par des preuves dont je n'ai pas besoin d'attester la force. Quand la discussion eut duré quelques heures, à bout de force, mais non d'arguments, je dis à M. de Montluc:

« Ce pauvre malheureux mourra dans l'impénitence finale. Mais il faut l'épargner; la grâce de Dieu l'éclairera peut-être.

— Eh bien ! répliqua Montluc, nous le déposerons à Montréal, chez les Révérends Pères de la Compagnie de Jésus, qui le garderont jusqu'à la fin de la guerre ou jusqu'à ce qu'il soit converti à la vraie foi. »

Alors Gandar éclata de rire.

« Té ! dit-il. L'affaire est bien bonne. »

Il tira son coutelas et coupa les liens qui retenaient l'Anglais :

« Vous ne reconnaissez donc pas M. Donald O'Brian, comte de Kildare ?

— N'est-ce pas, ajouta l'Irlandais, que j'ai bien joué mon rôle ?

— Qu'as-tu donc fait depuis hier ? lui dit Montluc en l'embrassant.

— Té ! répondit pour lui le Marseillais, c'est une farce de mon invention, à moi, Gandar. Ce garçon va se jeter sans armes comme un agneau dans le pays des loups. J'ai voulu voir comment il saurait s'en tirer. Alors, hier au soir, je l'ai rasé, je l'ai coiffé moi-même, je l'ai habillé d'un vieil habit de ministre protestant que j'avais dans mon butin, et je lui ai donné rendez-vous à deux lieues plus haut, sur le bord du fleuve, là où nous l'avons trouvé et fait prisonnier ce matin, comme c'était convenu d'avance.

— Pourquoi ce déguisement ? demanda Montluc.

— Parce qu'il fallait savoir, répliqua Kildare, si j'étais vraiment assez déguisé pour n'être pas reconnu des gens de Boston comme officier de Sa Majesté le Roi Très-Chrétien. Je le suis, puisque j'ai réussi à tromper mes meilleurs amis. »

XII. — BUFFALO ET LES SERPENTS A SONNETTES

TROIS jours après, comme nous arrivions à Montréal, M. de Kildare disparut de nouveau, mais après avoir pris congé de nous et reçu les instructions de Montluc le Rouge.

Le lendemain, le bruit se répandit dans la ville qu'un ministre presbytérien anglais, fait prisonnier par Gandar, s'était échappé pendant la nuit et avait pris la route de Boston. Montluc le Rouge en témoigna beaucoup de chagrin et d'inquiétude. Tout cela n'était qu'une ruse pour tromper les Iroquois, qui ne devaient pas manquer d'avertir les Anglais de cette fuite et pour ménager un bon accueil à M. de Kildare chez les habitants de la Nouvelle-Angleterre. Le soir même nous prîmes congé de Gandar, qui nous embrassa tous, en promettant, suivant son habitude, de faire des merveilles.

« Avec mes deux bricks, dit-il, je vais bloquer Boston et New-York. Le premier Anglais qui voudra sortir, je le pince ; le deuxième, je l'étouffe, et le troisième, je l'écrase... Toi, Montluc, mon petit, ramène à moi le gibier, et je te promets, moi, de le prendre comme un lièvre au collet. Ah ! ils sauront ce que c'est que l'ami Gandar, foi de Marseillais ! »

Sur cette promesse, il partit avec deux bricks, laissant les deux autres avec les équipages de Montluc, et prit la route de terre pour aller plus vite et donna ses deux bâtiments avec leurs canons au commandant de Montréal, qui ne fut pas fâché d'un tel dépôt. En effet, la ville, quoique la seconde du Canada, n'avait pour sa défense que cent vingt soldats et miliciens armés de fusils, mais sans artillerie et presque sans poudre.

De Montréal nous arrivâmes, par voie de terre, jusqu'au fort de Catarocouy qui fermait l'entrée du lac Ontario ; nous suivîmes le bord du lac sur la rive gauche, jusqu'à la rivière Niagara. Chemin faisant, Montluc et ses Canadiens (car quelques-uns nous avaient déjà rejoints) firent une dizaine de prisonniers, parmi lesquels trois sauvages Iroquois de la tribu des Onnontagnés.

L'un d'eux, se croyant destiné à périr, commença son chant de mort. Il rappela les exploits de ses ancêtres (c'est Buffalo qui m'expliquait tout) :

« Je suis la Flèche-qui-vole et j'ai scalpé l'an dernier trois guerriers algonquins. Mon père était le Lourd Tomahawk et il écrasa en son temps la cervelle de beaucoup de guerriers... »

Là-dessus, j'essayai, toujours par l'intermédiaire du vieux Buffalo, de l'exhorter à se convertir, à se faire baptiser. Le sauvage me répondit quelques mots, que Buffalo traduisit ainsi : « La Flèche-qui-vole demande s'il serait attaché au poteau dans le cas où il recevrait le baptême. »

Je me hâtai de demander sa grâce à M. de Montluc, qui me répondit en riant :

« Vous pouvez d'autant mieux, monsieur le curé, lui promettre sa grâce, que je n'ai jamais eu envie de lui faire le moindre mal, au contraire, car j'ai besoin de lui. »

Je répondis alors au pauvre sauvage qu'il était libre, à condition de se faire chrétien. Il y consentit sur-le-champ et demanda le baptême en me baisant les mains, ce qui me permit de faire deux bonnes actions à la fois.

Un instant après, nous continuâmes notre marche. Notre troupe grossissait tous les jours, car les volontaires canadiens, au bruit de l'arrivée de Montluc, venaient le rejoindre, ne doutant pas qu'il dût les mener à la victoire.

Un jour, c'était le lendemain de celui où j'avais baptisé le jeune Iroquois et ses deux compagnons, Montluc le Rouge fit faire halte à sa troupe et chargea la Flèche-qui-vole, qu'il avait retenu jusque-là, d'un message pour les sachems de la tribu des Onnontagnés. Les deux autres furent envoyés dans les deux tribus des Agniers et des Mohawks, les plus puissantes de la nation iroquoise après celle des Onnontagnés. Leur mission était secrète. Ils avaient ordre d'inviter les sachems à se réunir tous ensemble, dans la nuit du 21 juin, à l'île de la Tour-Montluc, où lui, Montluc le Rouge, le fils du Grand-Ours-Noir, le petit-fils de Samuel Champlain, appelait tous les chefs des tribus huronnes et algonquines qui habitaient sur le bord des Grands Lacs. Il ajoutait, car je vis la lettre:

« Frères Peaux-Rouges, nous avons fait, vous et moi, une grande perte quand, par le crime des Anglais et de quelques malheureux Peaux-Rouges, leurs complices, nous avons perdu le vénérable Père Fleury, celui qui, depuis soixante ans, avait donné de bons conseils à vous et à nous. Cet homme de bien est retourné dans le sein de l'Eternel; mais, avant de mourir, il a choisi son successeur parmi les plus vertueux et les plus savants des Visages-Pâles, et il lui a transmis tous les pouvoirs qu'il avait reçus lui-même du Grand Manitou. C'est ce successeur que je vous amène, et qui appellera, Frères Iroquois, sur vous et sur nous la bénédiction de Dieu. Dans cette nuit du 21 juin pour laquelle je vous convoque, le Père Fleury lui-même vous fera voir, par un signe, qu'il a transmis tous ses pouvoirs et toutes ses vertus à son successeur.

« MONTLUC LE ROUGE. »

C'est en frémissant que je lus la fin de cette lettre. De quel signe ?. de Montluc voulait-il parler? N'était-ce pas une impiété que de parler au nom du Père Fleury?

Je fis part de mes scrupules à M. de Montluc; mais il me rassura tout d'abord en disant:

« Vous verrez le miracle vous-même et vous le ferez sans savoir comment. C'est Buffalo qui se charge de tout. Pourvu que vous ne fassiez rien que votre conscience puisse se reprocher ou qui compromette votre caractère, n'ayez que des prières à faire ou des bénédictions à donner, le reste doit vous importer peu. Ne voyez-vous pas que la colonie est dans un danger terrible; que depuis que mon père, qui la défendait presque seul, est blessé, hors d'état de se mouvoir, presque tous les sauvages nous abandonnent ou se tournent contre nous? Ne comprenez-vous pas qu'il faut frapper leurs esprits par quelque action extraordinaire? Je ne vous demande que de prier, de bénir et de suivre Buffalo partout. Ce vieux-là et moi, nous nous chargeons du reste. »

Je ne pouvais pas refuser mon concours. Au contraire, je fus bientôt plus ardent que personne pour le succès de l'entreprise et plus curieux en même temps de connaître le rôle qu'on m'y réservait. Mais je ne devais l'apprendre qu'au dernier moment.

Cependant nous avions déjà dépassé la fameuse chute du Niagara, et nous naviguions depuis trois jours sur le lac Érié, lorsqu'un sauvage algonquin, qui pêchait au bord d'une petite île avec sa famille, vint à

nous dans son canot. Il avait reconnu Montluc, qui le reconnut aussi et le serra dans ses bras.

J'appris alors que c'était le fameux Pied-de-Cerf dont M. de Kildare m'avait parlé à Gimel, et l'un des meilleurs amis de Montluc le Rouge. Comme il parlait français autant qu'algonquin, Montluc l'interrogea dans notre langue.

« Que fais-tu là, Pied-de-Cerf?
— Je pêchais pour nourrir mes enfants et je t'attendais, dit le sauvage.
— Tu savais mon retour?
— Nous le savons tous. Les Hurons et les Algonquins ont allumé des feux de joie et sont prêts à te rejoindre.
— Et les Iroquois?
— Ils n'ont rien dit. Ils délibèrent.
— Et les Anglais?
— On ne leur a rien dit, reprit l'Algonquin, en étendant la main sur le lac. Ils sont là-bas, vers l'Ouest. On veut les surprendre.
— Dans mon île de la Tour-Montluc?
— Oui, dans celle-là et dans plusieurs autres autour de l'île des Serpents à sonnettes.
— Celle où mon père s'est réfugié?
— Celle-là même.
— A-t-il quelqu'un avec lui?
— Ta mère, ton jeune frère Charlot...
— Ah! s'écria Montluc, en éclatant de joie, l'enfant est sauvé. Tout va bien alors... Mais comment s'est-il sauvé?
— A la nage, entre ses deux grands chiens terre-neuve, pendant la nuit.
— Est-il entré dans l'île des Serpents à sonnettes sans être mordu?
— Secret du vieux jongleur érié, dit Buffalo souriant. Enseigné à Charlot. Charme les serpents. Parle aux autres bêtes, se fait suivre et comprendre. »

J'écoutais cette conversation avec surprise, croyant que Buffalo se vantait. Mais non, il était fort sérieux.

« Voulez-vous en avoir la preuve à l'instant même? demanda M. de Montluc. Buffalo, montre-nous ce que tu sais faire. Mais vous, d'abord, mon cher curé, frottez-vous les mains de cette même eau verte que vous voyez. » Puis, s'adressant à l'Algonquin: « Prends la même précaution pour ta famille et pour toi ». Ce que l'Indien fit avec empressement.

Nous descendîmes alors sur le rivage, M. de Montluc, Buffalo, Pied-de-Cerf et moi. Beaupoil, frotté comme les autres et curieux plus que tous, nous avait suivis, malgré la défense de Marion.

Quand nous fûmes à terre, Buffalo s'avança avec précaution, tira de sa ceinture une sorte de flageolet aux sons doux et pénétrants, et se mit à jouer un air singulier, triste d'abord, puis plus vif, puis insinuant et persuasif.

Après quelques minutes, nous entendîmes un léger froissement dans les feuilles, et une tête de serpent deux fois plus grosse que celle d'un dindon, se leva lentement jusqu'à un pied de terre, regarda autour d'elle, aperçut Buffalo et parut dire:

« Me voilà, que me veux tu ? »

Buffalo répondit au sifflement interrogateur du serpent à sonnettes par une sorte de phrase ou de mélodie caressante.

Le serpent s'avança vers Buffalo et siffla de nouveau à plusieurs reprises. Buffalo répliqua par un discours qui me parut très compliqué.

Quoiqu'il ne fît pas de gestes, je vis bien qu'il racontait quelque chose, qu'il proposait je ne sais quoi, que le serpent écoutait en silence, puis, par de brusques sifflements, semblait faire des objections comme quelqu'un qui est tenté d'accepter, mais qui se défie.

Le serpent à sonnettes se mit à siffler autour de lui d'une manière étrange, mais non menaçante.

Puis il s'enroula doucement autour du corps de Buffalo et se plaça comme une écharpe en sautoir.

« Maintenant, me dit Montluc le Rouge, il est temps de partir, et pour vous rassurer entièrement, monsieur le curé, et vous aussi, mon pauvre Beaupoil, car vous êtes bien pâle, regardez ce que je vais faire. »

Alors il approcha sa main droite, arrosée comme les nôtres, d'eau verte, et saisit le gros serpent par la tête.

J'étais saisi de crainte en voyant cette audace, mais je fus encore plus étonné qu'effrayé, en voyant le pauvre animal frémir, pousser un long sifflement de frayeur, et demeurer immobile, comme s'il eût été attaqué de paralysie.

Alors Montluc m'expliqua que cette eau verte, dont le vieux Buffalo avait seul le secret, était une décoction de l'*herbe* fameuse des *Ériés*, dont aucun serpent ne pouvait supporter la vue ni l'odeur. Ils s'éloignent avec frayeur de tous ceux qui s'en sont frottés.

Et, en effet, sur sa parole, je fis de même que M. de Montluc et avec le même succès.

« Maintenant, dit Montluc le Rouge, nous avons encore six lieues à faire avant d'arriver au lieu du rendez-vous, et il nous reste vingt-quatre heures à dépenser. Il ne faut pas arriver trop tôt. Les Anglais seraient avertis et sur leurs gardes. Il ne faut pas arriver trop tard. L'inconvénient serait pire, car les sachems des tribus iroquoises, huronnes et algonquines seraient offensés si nous les faisions attendre. Il faut être là-bas, à dix heures du soir. C'est la lune qui marquera l'heure. Toi, Pied-de-Cerf (l'Algonquin nous avait suivis), tu vas partir le premier et reconnaître les Anglais. Tu nous diras combien ils sont et s'ils se tiennent sur leurs gardes. »

Alors le vieil Érié se leva et dit:

« Montluc le Rouge, grand chef n'a pas la sagesse ordinaire.

— Pourquoi ? demanda Montluc, sans s'étonner.

— Devrait me charger de reconnaître le camp anglais. Pied-de-Cerf, jambe agile, tête sans cervelle... »

A son tour, il fallut calmer l'Algonquin, qui se trouvait offensé.

Montluc y réussit pourtant.

« Mon vieux Buffalo, dit-il, c'est à toi et à M. le curé de Gimel que je destine demain l'avant-garde. Aujourd'hui, laisse quelque chose à faire à Pied-de-Cerf. »

Celui-ci partit sur le champ et revint le lendemain. Nous nous étions avancés, sans être vus des Anglais, à la faveur des îles boisées qui couvrent une partie du lac Érié. Voici le rapport de Pied-de-Cerf:

« Je suis arrivé ce matin au point du jour à l'île de la Tour-Montluc. Il y avait là huit cents Visages-Pâles d'Angleterre et tous leurs principaux chefs.

— As-tu débarqué ?

— Certes ! répondit Pied-de-Cerf.

— Quel accueil as-tu reçu ?

— Un soldat m'a frappé d'un coup de crosse. Je l'ai regardé au visage pour le reconnaître et le scalper, ce soir ou demain; mais je n'ai rien dit, parce qu'il fallait revenir et rendre compte de ce que j'avais vu. Le Visage-Pâle ne perdra rien pour attendre.

— Mais, dit Montluc, à quel signe le reconnaîtras-tu ?

— Il a des favoris roux.

— Il y en a peut-être vingt sur huit cents qui ont les favoris roux.

— Eh bien, je scalperai ces vingt-là.

— A la bonne heure, reprit Montluc... Ces huit cents hommes, est-ce tout ?

— Non, répondit Pied-de-Cerf. Il y en a sept cents à côté, dans l'île des Tortues: c'est un autre régiment; et encore sept cents dans l'île de l'Érable noir.

— C'est tout ?

— Oui.

— Alors, dit Montluc, je vois qu'ils bloquent l'île des Serpents à sonnettes qui sert de refuge à mon père.

— Oui, dit Pied-de-Cerf.

— Les as-tu entendus parler ?

— J'ai entendu, j'ai apporté du poisson de ma pêche, et je l'ai vendu au général, un grand, gros, qu'ils appellent sir John Arbuthnot.

— Sir Robert Carroll, le gouverneur de Boston, n'y est pas ?

— Non, il est reparti. Il reviendra dans quelques jours.

— Ah! dit Montluc, c'est dommage. J'aurais eu plaisir à le rencontrer tout de suite... Mais s'ils bloquent l'île où est mon père, ils savent donc qu'il est là ?

— Ils le savent. John Arbuthnot a dit devant moi: « Le vieux Montluc, le Grand-« Ours-Noir, est imprenable dans son île. « Personne n'ose y mettre le pied, à cause des « serpents à sonnettes dont elle est pleine. »

« Alors un autre a dit:

« — Mais quel intérêt a donc Robert « Carroll à le prendre ? »

« Arbuthnot a répliqué:

« — La guerre du Canada ne peut finir « qu'après qu'on aura exterminé tous les « Montluc. Le Grand-Ours-Noir, le vieil

« Annibal, tout blessé qu'il est, et mourant,
« nous tient encore en échec, depuis le lac
« Supérieur jusqu'à Montréal, tout le long
« du Saint-Laurent et de la grande rivière
« des Ontaouais. A cent lieues autour de sa
« maison, il est le maître, et les Peaux-
« Rouges le respectent comme leur chef.
« D'ailleurs il tient caché, dit-on, dans son
« île des Serpents à sonnettes un trésor
« immense, et ce serait une bonne affaire que
« d'y entrer.

« — Qu'est devenu le fils? a demandé
« l'autre.

« — Montluc le Rouge? Il est en Europe,
« par bonheur, à solliciter, pour le Canada,
« des renforts qu'on ne lui donnera pas. S'il
« avait été là pour prêter secours à son père,
« on ne s'en serait peut-être jamais tiré. »

« J'écoutais tout sans rien dire, accroupi
devant mon panier de poisson.

« A la fin, un de ses officiers m'a demandé:
« — Est-ce qu'il reviendra bientôt?
« — Qui?
« — Montluc le Rouge.
« — Il ne reviendra pas. Il est mort.
« — C'est faux », a dit le gros Arbuthnot.
Puis, s'adressant à moi: « Comment le
« sais-tu?
« — On me l'a dit.
« — Mais qui?
« — Les Français.
« — N'en croyez pas un mot, a dit
« Arbuthnot aux autres, et tenons-nous sur
« nos gardes. »
Je m'en suis allé en silence. Alors, on
m'a rappelé.

« — Qu'es-tu venu faire dans cette île? »
J'ai bien vu qu'on me soupçonnait de
quelque chose. J'ai répondu tranquillement:
« — Vendre mon poisson et acheter du
« whisky.
« — Eh bien, achète ton whisky et pars. Si
« je te rattrape ici, je te ferai pendre. » Et
il faisait de gros yeux terribles.
« Que pensais-tu, pendant ce temps, Pied-
de-Cerf? » demanda Montluc.
Le bon Algonquin répondit avec gravité:
« Je me disais: Encore un Visage-Pâle que
je scalperai demain.
— A la bonne heure, conclut Montluc le
Rouge, en riant. Toi du moins, Pied-de-Cerf,
tu n'y vas point par quatre chemins. »
Puis il donna le signal du départ et
indiqua l'ordre de bataille de la nuit
suivante.
Il était environ neuf heures du soir et
j'avais reçu les dernières instructions détail-
lées de M. de Montluc (on verra bientôt
en quoi elles consistaient), lorsque, seul avec
mon ami Beaupoil et un rameur canadien,
dans un canot qui glissait silencieusement
sur le lac Érié, je vis que nous approchions
d'une masse sombre de bois et de clairières
qui s'élevait au-dessus des eaux et d'où sortait un bruit étrange de cris, de chants, de
tires et de trompettes.
Le Canadien étendit la main et dit: « C'est
l'île de la Tour-Montluc ». Puis, comme à
une certaine distance, mais sur le rivage, on

voyait des feux, un campement et des
hommes qui s'agitaient joyeusement :
« Ceux-là, ce sont les Anglais. Voyez-vous
les ruines du château qu'ils ont brûlé il y a
trois mois?... Ah! les brigands! Mais
Montluc le Rouge leur grillera le poil!
— Où est le vieux comte? demandai-je.
— Le Grand-Our-Noir, répondit le Canadien d'un air mystérieux. Qui peut savoir?
Il est peut-être vivant, peut-être mort, peut-
être ressuscité. Le Grand-Ours-Noir a ses
secrets que personne ne saura jamais, excepté
lui et Buffalo... Le Père Fleury les savait
aussi, parce qu'il savait tout, mais le Père
Fleury est mort... Nous ne le verrons plus
jamais ! »
A cette pensée, le brave Canadien pencha
la tête et peut-être essuya une larme.
« Où donc est le vieux Buffalo? demandai-
je encore.
— Il va venir tout à l'heure, me répondit le
Canadien. Il est parti avant nous... Et
tenez... entendez-vous la musique? Entends-
tu, Beaupoil? c'est lui qui arrive. »
A ces mots, à cette musique, comme disait
le Canadien en riant, les cheveux de Beaupoil se dressèrent sur sa tête, ses yeux
s'agrandirent d'effroi. S'il avait été en rase
campagne, il aurait pris la fuite.
Car, je le reconnus sur le champ: c'était
comme le bruit d'une armée immense qui
s'avançait à la surface de l'eau, sans qu'on
pût distinguer aucun des soldats. En
revanche, j'entendis les tambours et les
trompettes. On eût dit cent mille grelots
agités en même temps par une main
invisible.
De temps en temps, il se faisait comme
une halte et un silence, et l'armée demeurait immobile. Çà et là, de distance en distance, quelques longs sifflements impérieux
semblaient être les ordres des officiers et des
colonels de chaque régiment. Au-dessus de
tous ces grelots agités et de ces sifflements,
on distinguait le son d'un instrument étrange,
flageolet ou petite flûte, qui précédait et
dirigeait toute l'armée.
Puis ce chant devint plus distinct, quoique
toujours très doux, et je commençais à
entrevoir un canot léger, monté par un seul
homme, qui s'avançait vers nous. Ce canot
portait le musicien.
« Voici le vieux Buffalo, dit le Canadien.
le père des serpents à sonnettes, le grand
jongleur du lac Érié. »
Et il se signa dévotement, comme pour
écarter les opérations magiques de Buffalo et
la damnation qui pouvait en être la suite.
Les dents de Beaupoil claquaient, son
corps tout entier tremblait de frayeur.
Comme Buffalo n'était plus qu'à cinq ou
six brasses de moi, je lui fis signe de s'arrêter. Aussitôt, il cessa de ramer et de jouer
sur son flageolet ses airs mystérieux. Il y
eut un moment de silence. De la main il fit
signe à l'invisible troupe des serpents à sonnettes de faire halte.
Les serpents obéirent, le bruit des grelots
cessa. On n'entendit plus que celui de quel-

ques sifflements impérieux, ceux des officiers sans doute, qui contenaient l'impatience et l'ardeur des soldats.

Je lui dis : « Buffalo, vous êtes prêt ? »

Il répondit, d'une voix sourde : « Eux aussi, monsieur le curé. Dépêchez-vous, j'ai peine à les retenir. »

A ces mots, Beaupoil, plus effrayé qu'auparavant, me dit : « Entendez-vous, monsieur ?... Eux aussi !... Qui, eux ? Sans doute ces enfants du diable !

— Eh bien, va-t'en, Beaupoil !

— Où et comment ? »

En effet, autour de nous, on ne voyait que le lac Erié, dont les vagues battaient le canot.

« Tais-toi donc et ne bouge plus, si tu tiens à ta vie et à la nôtre. »

En effet, nous étions entre trois ennemis mortels. Le premier de ces ennemis était le grand lac Erié, dont les eaux profondes de trois ou quatre cents pieds nous entouraient de toutes parts. Le deuxième était l'armée des serpents à sonnettes, dont la moindre morsure nous eût donné la mort. Le troisième était l'armée anglaise, que nous voyions campée à une demi-lieue de nous, sur le rivage, et dont les grandes chaloupes, montées par des marins intrépides, et garnies d'artillerie, auraient roulé sans peine nos petits canots légers, mais bien peu solides.

Le Canadien qui montait mon canot, voyait la situation aussi bien que moi ; mais, avec l'intrépidité naturelle à sa race, il était prêt à braver la mort, et, de plus, il avait confiance dans la victoire. Par précaution, pourtant, il me demanda l'absolution, que je lui donnai ainsi qu'à Beaupoil et à Buffalo. Le Canadien se mit à ramer si vigoureusement qu'en moins de dix minutes nous nous trouvâmes au milieu de la flottille anglaise, dont les chaloupes bordaient le rivage, séparées l'une de l'autre par un intervalle de cent pas environ. Notre canot n'étant pas éclairé, et le Canadien ayant eu soin d'entourer ses rames d'étoupes, afin de mieux étouffer le bruit, nous arrivâmes sans bruit et sans être aperçus, à cinquante pas environ du grand feu qu'on avait allumé, et près duquel les officiers anglais, au nombre de vingt-cinq ou trente, achevaient de souper. C'était l'état-major.

La table était dressée près du feu et couverte de plats vides et de bouteilles qu'on vidait. Les officiers en habit rouge, pleins de joie comme on l'est toujours après un bon festin, portaient des toasts à toutes sortes de gens qui m'étaient inconnus. Au milieu, se tenait, grave et digne, malgré sa figure rouge, sir John Arbuthnot, général en chef.

J'entendis très bien qu'il proposa la santé du *King William*, puis celle de la *Queen Mary*, sa femme, puis celle de l'armée anglaise, de la marine anglaise, et de toutes les dames en général, des dames anglaises, écossaises et irlandaises en particulier, de celles qui étaient mariées, puis de celles qui vivaient encore dans le célibat.

Enfin je pensai qu'il était temps de parler sérieusement, et, voyant caché derrière un chêne en face de moi, de l'autre côté de la table, à trois pas derrière sir John Arbuthnot, le vieux Buffalo qui, de ses yeux étincelants, me faisait signe de commencer le feu, je saisis le drapeau de parlementaire que portait le Canadien, et debout, m'adressant aux Anglais étonnés, qui ne m'avaient pas encore aperçu, je dis, suivant mes instructions :

« Sir John Arbuthnot, major général des forces du prince d'Orange en ce pays, je viens ici, de la part de M. de Montluc, vous sommer d'évacuer sur le champ cette île et toutes les possessions de Sa Majesté le Roi de France. »

La surprise de Sir John Arbuthnot fut si grande qu'il demeura immobile, le verre en main, se demandant sans doute d'où sortait cette voix et, quand il m'eût vu, d'où venait cet ambassadeur.

Il me demanda, d'une voix impérieuse :

« Monsieur, qui êtes-vous ? Que me voulez-vous ?

— Monsieur, répliquai-je avec fermeté, je suis l'envoyé de M. le baron de Montluc, celui que vous connaissez sous le nom de Montluc le Rouge. »

Et je répétai la sommation dont j'étais chargé.

Le fier sir John Arbuthnot se tourna vers un sergent et lui dit :

« Prenez-moi ce prêtre et ses deux compagnons, et attachez-les à un arbre. » (Mes deux compagnons, c'étaient Beaupoil et le Canadien.)

Le sergent s'avança avec cinq ou six hommes pour exécuter l'ordre de son chef. C'était l'instant décisif. Je regardai Buffalo et je vis qu'il était prêt. Derrière lui, son armée, qu'il contenait de la main, ne demandait qu'à donner l'assaut. Alors j'étendis le bras vers sir Arbuthnot, et je lui dis :

« Monsieur, vous avez porté le fer et le feu dans cette île ; vous avez brûlé le château d'un noble gentilhomme ; vous avez massacré ses amis ; vous avez traité un chrétien avec plus de cruauté que les sauvages païens n'auraient su faire ; prenez garde à la justice de Dieu. Repentez-vous et quittez ce pays. Vous le pouvez encore. Dans trois minutes, il ne sera plus temps ! »

A ces mots, tous les officiers anglais éclatèrent de rire, et John Arbuthnot le premier.

« Ce prêtre est certainement fou, dit-il. Buvons à sa guérison, messieurs. »

Il leva son verre, mais déjà le signal était donné. Sans qu'on s'en fût aperçu, Buffalo, se glissant dans l'herbe avec son armée, s'était levé derrière sa chaise.

Au moment même où le major général allait vider son verre, on vit un grand serpent à sonnettes s'enrouler autour de lui, dresser la tête en sifflant et s'avancer pour le mordre au visage. Il y eut un cri d'horreur et moi-même, je me sentis frémir, quoique averti de ce qui devait arriver. Les deux voisins du major général s'écartèrent avec une frayeur invincible ; mais eux-mêmes étaient déjà mordus et cherchaient en vain à fuir. Ils emportaient leur ennemi avec eux.

Plusieurs centaines de serpents à sonnettes se précipitaient sur ce champ de bataille. Le sergent et les hommes qui avaient reçu l'ordre de nous saisir, fuyaient vers le camp et y portaient la terreur. De tous côtés, on entendait le bruit de ces grelots étranges qui forment la queue de ces redoutables animaux, et les soldats épouvantés se jetaient dans le lac Érié pour regagner les chaloupes. Beaucoup se noyèrent, ne sachant pas nager

de l'Érable noir. Mais au seul bruit des écailles des serpents à sonnettes et du désastre mystérieux qui venait de frapper leurs camarades, les deux régiments anglais venaient de se rembarquer à la hâte, croyant sans doute avoir à leurs trousses tous les suppôts de Satan et de Belzébuth ; ils abandonnèrent leurs munitions, leurs tentes, leurs vivres, leur caisse militaire, qui devinrent, dès le matin, la proie des sauvages.

C'est ainsi que finit cette terrible bataille, où sans armes, sans soldats, sans expérience

M. DE KILDARE SE LEVA ET DIT...

ou perdant la tête et se trouvant dans une eau trop profonde, à soixante pas de l'asile qu'ils allaient chercher. Beaucoup périrent, mordus par les serpents venimeux que ce bruit, ce désordre, le son des tambours et des trompettes et le chant diabolique du vieux Buffalo, qui jouait du flageolet pour les exciter encore, avaient irrités jusqu'à la rage.

Trois cents, au moins, moururent en moins d'un quart d'heure, et les autres, saisis d'une frayeur panique, allèrent raconter à leurs camarades, qui occupaient les deux îles voisines, par quel prodige étrange la colère de Dieu s'était manifestée ce jour-là.

Au même instant, Buffalo, poursuivant sa victoire, se dirigeait avec son canot et entraînait ses serpents vers les îles de la Tortue et

de guerre, je fis, comme l'avait prédit Montluc le Rouge, plus d'exploits qu'un Annibal, un César et un Scipion.

Comme je pensais à rejoindre mes compagnons, je vis aborder dans l'île M. de Montluc, suivi de soixante guerriers indiens, de l'aspect le plus imposant. C'étaient les sachems des diverses tribus qu'il avait convoqués.

Il y avait parmi eux des Hurons, des Algonquins, des Iroquois, des Abénaquis, des chefs appartenant à toutes les tribus qui occupent les deux rives du fleuve Saint-Laurent, le bord des Grands Lacs et l'Acadie.

On alluma un grand feu dans les ruines noircies du château, en vue du lac et les sachems s'assirent en rond tout autour. Montluc se plaça au milieu d'eux, sur un rocher, me fit asseoir à sa droite, et dit:

« Frères Peaux-Rouges, je vous avais promis de vous rendre témoins d'un prodige tel que jamais peut-être vos pères n'en ont vu de pareil... Ai-je tenu ma promesse?

— Tu l'as tenue! répondirent-ils tous.

— J'avais promis, continua Montluc, que la main du Grand-Esprit s'étendrait sur vos ennemis et les miens pour les confondre, et que vous les verriez fuir devant moi sans que j'eusse même à lever la hache sur leurs têtes... Dites, ont-ils fui?

— Ils ont fui! répéta un des sachems, et tu es bien le fils du Grand-Ours-Noir, qu'on ne pouvait vaincre que par trahison.

— J'ai promis encore, ajouta Montluc le Rouge, de donner un successeur au vénérable Père Fleury, qui fut toujours l'ami des Français et des sauvages, et j'ai promis que ce successeur apporterait avec lui la bénédiction de Dieu et la joie sur nos amis, la frayeur et la mort sur nos ennemis.

— Tu l'as fait », dit encore le sachem.

Alors Montluc le Rouge me fit lever à mon tour, malgré ma résistance, et dit:

« Frères Peaux-Rouges, quand vous étiez cachés tout à l'heure dans vos barques, à quelques pas du rivage, vous l'avez vu bénir nos amis et étendre la main de Dieu sur nos ennemis. Est-il digne de succéder au Père Fleury et d'être pour vous tous le Père de la prière? »

Tous se levèrent, me proclamèrent le Père de la prière pour la contrée des Grands Lacs, et jurèrent entre mes mains de rester fidèles à la foi catholique, aussi longtemps que je vivrais parmi eux.

Après cette promesse, qui fut faite solennellement, tous ceux des Indiens qui étaient catholiques, se mirent à genoux, et je leur donnai ma bénédiction.

Montluc, qui semblait toujours attendre quelqu'un, fit apporter un grand souper et, pendant qu'on le préparait, il me prit à part et me dit:

« Monsieur le curé, vous avez fait merveille. Vous avez du sang-froid, de l'entrain, du courage. Mais ce n'est pas tout. Il nous reste beaucoup à faire.

— Monsieur de Montluc, répondis-je, je suis prêt à tout pour le service de notre sainte religion et pour le vôtre.

— Monsieur le curé, répliqua-t-il, j'y comptais. Vous jugez bien que je n'ai pas réuni dans cette île les chefs de toutes les tribus, seulement pour les rendre témoins d'une victoire qui ressemble à un miracle. J'ai de plus grands desseins et vous allez les connaître... Regardez à l'ouest. »

XIII. — LES EXPLOITS DE CHARLOT

AU même instant une grande flamme parut à l'horizon comme un signal et s'éleva au-dessus de l'île des Serpents, qui n'était éloignée que d'une demi-lieue de celle de la Tour-Montluc. Dix coups de canon furent tirés, et je vis une grande chaloupe éclairée, avec le drapeau blanc au mât, qui glissait sur le lac. Au gouvernail se tenait Buffalo, fier comme un fils de Jupiter. A quelques pas de lui, assis sur un fauteuil de bois de fer qui, malgré sa simplicité, ressemblait à un trône, on apercevait un grand et majestueux vieillard à barbe blanche, vêtu à la dernière mode de la régence d'Anne d'Autriche. Un païen l'aurait pris pour le Dieu du lac Érié. C'était le vieux baron Annibal de Montluc, dont j'avais entendu parler si souvent. En le voyant, les Canadiens s'écrièrent: « Vive le Grand-Ours-Noir! Il est ressuscité! »

Montluc le Rouge sauta dans un canot avec deux rameurs et se précipita dans les bras de son père, puis dans ceux de sa mère. Cette noble et respectable dame, la fille de Samuel Champlain et des grands chefs ériés, réunissait en elle la force et la beauté des deux races. Le vieux baron se tourna vers la foule qui couvrait les barques et le rivage, et dit, en lui montrant le jeune gentilhomme qu'il tenait par le bras:

« Celui-ci est un vrai Montluc, du sang des Ériés. Quand j'étais seul, blessé, hors d'état de combattre dans l'île des Serpents, je l'attendais. Je savais qu'il viendrait à moi, dût-il passer sur le corps de cent mille ennemis. Peaux-Rouges et Visages-Pâles, celui-là sera le plus grand et le meilleur des vôtres! C'est à lui et à Buffalo que je dois la liberté. »

Montluc le Rouge me présenta à mon tour et raconta en peu de mots les services que j'avais rendus. Le vieux baron Annibal me tendit une main, que je baisai avec respect, et s'assit. Mal guéri de ses blessures récentes, sans compter les anciennes qui s'étaient réveillées, il pouvait à peine se tenir debout appuyé sur sa canne.

« Le Grand-Ours-Noir, me dit tout bas Buffalo, a reçu trois balles et quinze coups d'épée ou de baïonnette dans la dernière bataille. Et, tombé sur un genou, appuyé de la main gauche à terre, de la droite tenant son épée, il en voulait encore! »

Buffalo cependant semblait chercher quelque chose ou quelqu'un.

« Que cherches-tu? demanda Montluc le Rouge.

— Charlot, répondit Buffalo.

— En effet, dit sévèrement le vieux baron. Charlot devrait être ici pour embrasser son frère et remercier nos amis. »

Au même instant on entendit un coup de fusil d'abord, puis deux coups de canon, tirés à quelque distance.

Grande fut la surprise parmi nos Canadiens. Est-ce que les Anglais en fuite auraient repris courage et viendraient livrer bataille?

Au reste, on n'eut pas le temps de s'inquiéter beaucoup.

Presque au même moment une fanfare joyeuse retentit sur le lac et un jeune garçon de quatorze ans au plus, mais déjà grand et robuste, arriva sur nous dans une chaloupe qui portait deux canons, l'un à l'avant, l'autre à l'arrière. C'était Charlot.

Il tenait le gouvernail, et sa voile enflée par un vent favorable le conduisit à trente pas du rivage. Là, comme un cavalier habile qui fait ses évolutions devant les dames, il décrivit, en arrivant, un arc de cercle si parfait et si bien tracé que nous en fûmes tous remplis d'admiration.

Il laissa aux Canadiens le soin d'amarrer la chaloupe au rivage et se jeta dans les bras de son frère.

« D'où viens-tu ? » lui demanda celui-ci après les premiers embrassements. Charlot hésita un peu.

« Réponds! insista sévèrement le vieux baron.

— Voici, père, répondit Charlot en riant. Je suis jaloux de mon frère Montluc le Rouge que voilà. On ne parle que de lui. Quand il est quelque part où l'on se bat, c'est toujours lui qui donne les plus beaux coups d'épée...

— Ton tour viendra, Charlot, dit le père en souriant.

— Ah! répliqua l'enfant, j'ai déjà quatorze ans. Quand il avait mon âge, on parlait de lui. Eh bien, j'ai voulu faire parler de moi aussi. J'ai attendu ton départ, je me suis caché, je suis monté tout seul dans un canot avec la pensée de poursuivre les Anglais et de faire, moi aussi, quelque prise. Tout à coup, comme j'étais à cent pas de l'île, je vois venir à moi cette grande et grosse chaloupe qui paraissait marcher toute seule et sans équipage. Heureusement elle était éclairée comme vous voyez et mon canot ne l'était pas. Je m'approche sans bruit, et je vois qu'il n'y avait dedans qu'un seul homme, un soldat anglais, que j'ai reconnu à son habit rouge. Je saute par-dessus le bord dans la chaloupe et je lui crie : « Rends-toi ou je te tue! » Il a été bien étonné, comme vous pouvez croire, et dans sa précipitation il m'a tiré à trois pas, sans viser, un coup de fusil, que vous avez dû entendre. Par bonheur les vagues étaient très grosses, la chaloupe se balançait à droite et à gauche, il a glissé et m'a manqué.

— Et toi? demanda le vieil Annibal.

— Oh! moi, répliqua Charlot en souriant tu peux être tranquille, mon père, je ne l'ai pas manqué. Je l'ai percé d'un coup d'épée dans le cœur... Tenez, le voilà, le malheureux! »

En effet, au fond de la chaloupe on voyait étendu mort un soldat anglais. Cette vue me fit frémir.

« Mais ces deux coups de canon? demanda le père.

— Eh bien, reprit l'enfant, ce sont les deux petits canons que tu vois qui armaient la chaloupe, et auxquels j'ai mis le feu pour vous annoncer mon retour et ma prise. J'ai pensé que ces deux canons nous seraient utiles pour entrer en campagne.

— Si utiles, ajouta Montluc le Rouge, que je les réserve pour eux ouvrir une brèche dans les remparts de Boston.

— Oh! s'écria l'enfant avec une joie extraordinaire, et tu me promets que je les servirai tous deux?

— Je t'en donne ma parole!

— Eh bien, je veux les baptiser. J'appellerai l'un *Lucy* et l'autre *Athénaïs.* »

Il était environ minuit lorsque le grand festin que Montluc le Rouge avait commandé pour fêter ses amis les sauvages, fut enfin servi sur la place même qui avait été, deux heures auparavant, la salle à manger des officiers anglais.

Il ne restait plus aucune trace de ceux-ci. Les Canadiens avaient enlevé tous les morts pour les transporter dans une petite île voisine qui devait être leur cimetière.

C'est là qu'on leur rendit les honneurs funèbres le lendemain matin, et que le vieil Annibal leur fit élever plus tard un monument.

Le Grand-Ours-Noir présida le festin. Quel autre que lui aurait pu le faire avec cette dignité souveraine? N'était-il pas le chef naturel des Canadiens français et des sauvages?

Quant à Mme de Montluc, combien elle était noble et belle, vertueuse, confiante en son mari, dévouée à sa fortune, préparée à le suivre dans la vie et dans la mort!

Montluc le Rouge, qui veillait à tous les détails du festin, fit apporter cent bouteilles d'eau-de-vie de France dont il avait eu soin de se munir, et dont la seule vue dérida tous les sauvages et même les frères Iroquois, les plus intraitables de tous.

Quand les esprits furent assez échauffés, c'est-à-dire vers quatre heures du matin, le vieil Annibal de Montluc, qui s'était concerté à l'écart avec son fils, se leva et dit :

« Frères Peaux-Rouges de toutes les tribus du Canada et de tous les pays qui sont entre la mer, les Grands Lacs et les Montagnes Bleues, mon fils Montluc le Rouge vous a réunis pour vous proposer une réconciliation générale et une alliance éternelle... »

Il y eut un court silence, bientôt suivi d'acclamations. Visiblement, grâce à l'eau-de-vie de France, tout le monde était disposé à la bienveillance. Le baron Annibal en profita habilement. Il expliqua que les Anglais étaient le véritable ennemi des Français et des Peaux-Rouges, qu'eux seuls avaient sans cesse soufflé la discorde et la guerre, qu'à la faveur des batailles des Peaux-Rouges ils s'étaient emparés d'une grande partie du pays, depuis la mer jusqu'aux monts Alleghanys, qu'ils avaient fondé là des villes puissantes, remplies de toutes sortes de richesses, de carabines, de poudre, de balles, de whisky et d'eau-de-vie.

Il décrivit les boutiques qui regorgeaient de marchandises précieuses, les boucheries où des quartiers énormes de viande étaient sans cesse étalés pour satisfaire la faim des passants (ce dernier article était fait pour irriter l'appétit des malheureux sauvages, qui sont souvent affamés); enfin il fit une peinture à ce point séduisante de la Nouvelle-Angleterre, de ses fermes, de ses villages et de ses villes, que toute l'assemblée se leva enthousiasmée, agita ses tomahawks et promit de le suivre.

C'était tout ce qu'il voulait.

On décida tout de suite de marcher sur Boston, New-York, Baltimore et toutes les villes anglaises du bord de la mer, et Montluc le Rouge fut nommé chef des troupes coalisées.

Quant au vieux Montluc, à qui ses blessures ne permettaient pas de marcher au combat avant plusieurs mois, il fut choisi pour chef de la Confédération de tous les Peaux-Rouges, chacun des envoyés étant venu avec pleins pouvoirs pour traiter au nom de sa tribu.

Ces arrangements pris, on se sépara en se donnant rendez-vous au 1er août suivant sur les bords du lac Ontario, à cinq lieues du fort de Catarocouy. De là on devait d'abord marcher sur Boston.

« Dans six semaines, me dit Montluc le Rouge, j'aurai délivré ma sœur et Lucy. »

XIV. — LA LETTRE DE M. DE KILDARE

PENDANT que les sauvages faisaient leurs préparatifs et que Montluc le Rouge, poursuivant sa victoire, achevait la déroute et la dispersion des troupes anglaises, je demeurai dans l'île de la Tour-Montluc avec le vieux comte Annibal, et je célébrai le service divin pour lui et pour une cinquantaine de Canadiens qu'il avait gardés près de lui.

En même temps il faisait reconstruire son château, mais en briques cette fois, afin qu'il ne fût pas aussi exposé à un nouvel incendie.

De son côté, Charlot, toujours actif, naviguait en éclaireur sur le lac Érié avec sa grande chaloupe, mais ou six Canadiens et ses deux canons, *Lucy* et *Athénaïs*. Souvent il emmenait avec lui les deux élans, mâle et femelle qu'il avait dressés comme des chevaux de course, dont ils avaient d'ailleurs la force et la vitesse.

Un soir enfin. Charlot, qui revenait d'une expédition sur le lac, fit entendre de loin des fanfares qui présageaient quelque chose d'heureux et d'extraordinaire. A mesure qu'il approchait, on le voyait se lever, agiter son mouchoir et son chapeau en l'air. Enfin il mit pied à terre et cria :

« Elles sont retrouvées !

— Qui ? demanda le père.

— Lucy et Athénaïs !

— Sont-elles libres ?

— Ah ! pour cela, non. Elles sont à Boston, dans le Massachusetts ; mais mon frère et moi, nous les délivrerons... Voici la lettre de Donald O'Briau, comte de Kildare :

« Boston (Massachusetts), 24 juin 1697.

« A M. Louis de Montluc,

« Cher ami,

« Comme je te l'avais promis, j'ai mis enfin le pied sur le sol ennemi. Mais d'abord, sois heureux. J'ai retrouvé nos belles prisonnières. Je les ai vues, je me suis fait reconnaître, je les ai fait rire (je te dirai tout à l'heure comment), et excepté qu'elles ne peuvent pas sortir de la ville et qu'on veut à toute force les marier ici ou, si elles refusent, les envoyer prisonnières en Angleterre, elles ne sont pas trop malheureuses. Cela, c'est pour dissiper tes inquiétudes. Maintenant je vais commencer par le commencement.

« J'arrivai avant-hier à Boston un peu avant midi, heure du dîner chez tous les honnêtes gens des pays civilisés, ayant à peu près dans mes poches trois guinées et douze shillings à l'effigie de l'usurpateur Guillaume. Ce n'est pas de quoi mener le train d'un grand seigneur, mais c'était assez pour attendre des jours plus heureux. Je me hâtai donc d'entrer dans une maison de médiocre apparence, mais propre, bien tenue et noircie d'une sorte d'enseigne où l'on promettait de nourrir et d'abreuver sans mesure les personnes des deux sexes qui seraient en état de payer douze shillings par semaine. Je me décidai à tirer la sonnette de mistress veuve Porter.

« Cette dame respectable vint m'ouvrir elle-même, et je faillis reculer à sa vue. Imagine-toi le corps le plus long, le visage le plus sec, le teint le plus jaune sur les joues, le nez le plus rouge, le plus crochu, le menton le plus pointu, les oreilles les plus aplaties et les plus collées aux tempes que tu aies jamais pu rencontrer dans tes voyages.

« Cependant, après avoir repris courage, je priai cette personne respectable de me dire si vraiment, pour le prix indiqué sur l'enseigne, elle nourrissait aussi copieusement ses pensionnaires. Elle répondit affirmativement et nous eûmes bientôt réglé les conditions. Je payai sur le champ une semaine d'avance et je fus introduit dans la salle à manger.

« Elle ajouta que le roastbeef était servi depuis un quart d'heure, de sorte que, si je tardais davantage, les autres convives allaient dévorer ma part, et elle me conduisit à ma place, près de sa fille miss Angélina.

« La jeune demoiselle s'écarta un peu, mais avec un sourire tout à fait engageant. Elle est un peu longue comme sa mère, un peu maigre comme sa mère, mais au fond elle n'est pas laide. Au contraire, elle a de beaux yeux bleus, un nez droit, un menton bien fait.

« Tout cela est recouvert d'un teint éblouissant, comme celui de toutes les dames de Boston.

« Après dîner, comme je demandais conseil à mistress Porter pour trouver un logement, cette dame respectable eut la bonté de m'offrir moyennant cinq shillings par semaine (payables d'avance) une chambre de moyenne grandeur, munie d'un grand lit de chêne et d'une chaise, d'une table, d'un encrier, d'une vieille plume d'oie, d'une bible et des œuvres de feu M. William Porter, son mari, en son vivant ministre du saint Évangile.

« Enfin j'étais dans la place et, grâce à mon déguisement, j'inspirais aux dames une confiance absolue. Mais quel parti allais-je tirer de ce premier succès? Comment voir Athénaïs et Lucy? Comment m'informer d'elles sans exciter le soupçon? Comment être soupçonné sans me faire reconnaître presque aussitôt? Comment enfin être reconnu sans avoir la tête coupée, suivant l'ordre du Parlement anglais?

« Pendant que je faisais ces réflexions, la porte de ma chambre s'ouvrit doucement et miss Angélina parut, fit trois pas en avant d'un air pressé, puis m'aperçut ou fit semblant de s'apercevoir que j'étais là, et recula encore de trois pas comme une biche effarouchée.

« Tu connais assez la politesse de Donald O'Brian, fils unique et légitime héritier du dernier comte de Kildare, et ton meilleur ami, pour deviner que je me levai avec les marques du plus profond respect. Je demandai même ce qui me valait l'honneur d'une telle visite. A quoi la jeune miss Angélina répondit tout uniment qu'elle était venue chercher son parapluie.

« A ces mots, je me mis à chercher, elle chercha aussi; mais l'inspection de la chambre fut bientôt faite, car il n'y avait que trois meubles : un lit, une table à tiroirs, une chaise et quelques rayons vides où je pouvais mettre des livres. Miss Angélina s'en allait donc assez lentement et jetait du côté de la fenêtre un regard de regret, lorsque j'eus l'idée ingénieuse et féconde de lui demander à quoi devait servir son parapluie. Voulait-elle sortir par un brouillard si épais qu'on aurait pu le découper à coups de sabre?

« Elle répondit en riant que le brouillard allait se dissiper dans une demi-heure, qu'on pourrait aller à la promenade sur le port voir entrer la flotte de transport anglaise qui apportait six mille hommes, et assister au débarquement des troupes.

« A ces mots, je fus bien surpris. Six mille Anglais! Que viennent-ils faire à Boston?

« — Achever la conquête du Canada.

« — Depuis quand arrivés en vue du port?

« — Depuis la veille. Le brouillard seul avait retardé le débarquement. »

« Et alors, question par question, je me fis raconter l'expédition que sir Robert Carroll avait faite dans le lac Érié, la destruction de la Tour-Montluc et tous les malheurs que tu connais déjà. Après quoi, d'un air négligent, je demandai s'il n'y avait pas de prisonniers.

« — Il n'y en a pas, me dit la demoiselle, les sauvages ayant tout tué et les Anglais ayant laissé faire; mais sir Robert Carroll avait emmené deux prisonnières. »

« Cette fois je touchais au port. Je me fis faire la description des deux prisonnières. C'étaient bien celles que je cherchais.

« — L'une des deux est Française, dit miss Angélina en retroussant ses lèvres pour montrer son dédain. C'est la fille du baron de Montluc, un vieux scélérat. L'autre est Anglaise, miss Lucy Carroll, la propre cousine du gouverneur du Massachusetts.

« Miss Porter me demanda tout à coup si je n'étais pas Irlandais par hasard.

« Cette question faillit me désarçonner. Cependant je répliquai avec sang-froid :

« — Oui, miss Angélina. A quoi l'avez-vous reconnu?

« — A votre accent. »

« Maudite découverte! Maudit accent irlandais!

« Je me hâtai d'ajouter que j'avais déjà beaucoup souffert pour la vraie foi.

« — Où donc? demanda-t-elle avec intérêt.

« — Au siège de Londonderry, en Irlande. »

« En cela je ne mentais pas, car la foi d'un Kildare est la foi catholique, et quant au siège de Londonderry, j'y étais et j'ai manqué trois fois d'y périr — deux fois sous les balles des puritains, une fois sur le lac Foyle, où ma barque fut coulée d'un coup de canon pendant que j'essayais de traverser à la tête de mes hommes. Malheureusement je n'étais pas du même bord que les amis de miss Angélina.

« A ce moment elle aperçut une paire de pistolets dont je m'étais muni par précaution avant d'entrer dans Boston, et me demanda si ce n'étaient pas ceux avec lesquels j'avais combattu au siège de Londonderry.

« En effet, c'étaient ceux-là. Je crois qu'à partir de ce moment j'ai passé à ses yeux pour un héros.

« Pourtant, comme la pluie avait commencé à dissiper le brouillard, elle fit mine de partir, ajoutant que sa mère, retenue à la maison par des devoirs domestiques, ne pourrait pas l'accompagner jusqu'à l'entrée du port. Je m'offris avec empressement à remplir l'emploi de la vieille dame, et je suivis miss Angélina, de qui j'espérais tirer quelques renseignements précieux.

« Te dire les détails du débarquement ne t'intéresserait guère. Les soldats anglais parurent, bien habillés, bien fourbis, bien nourris, bien harnachés comme toujours, et descendirent à terre dans le meilleur ordre, au son des tambours et des trompettes. Les Bostoniens et les Bostoniennes poussèrent des hourras retentissants. Enfin le gouverneur du Massachusetts, sir Richard Carroll lui-même, parut à son tour pour recevoir ses hôtes et emmener les officiers dans sa maison, où les attendait un grand festin. Les soldats et les sous-officiers furent dispersés chez les habitants en attendant que leur campement, à moitié construit hors de la ville, fût tout à fait préparé. J'appris en même temps que la flotte de transport et la flotte de guerre qui l'escortaient allaient reprendre la mer le lendemain, car on avait reçu la nouvelle (c'est un bourgeois de Boston qui me le dit) que le fameux Louis de Montluc, surnommé Montluc le Rouge (toi-même, cher ami), croisait en ce moment entre l'océan Atlantique et la mer des Antilles et préparait un coup de main sur la Jamaïque ou sur Charlestown et Baltimore. Je demandai, d'un air dédaigneux qui t'aurait bien fait rire, quel était ce Montluc le Rouge dont je n'avais jamais entendu parler. A quoi le Bostonien répliqua que j'étais nouveau sans doute sur le continent américain, puisque je ne connaissais pas ce Philistin, ce Gabaonite, cet Amalécite, cet Ammonite, ce fils du diable, ce scélérat, ce brigand, ce... Il couvrit de plus de noms, d'épithètes et d'injures qu'un avocat n'en pourrait dire en trois quarts d'heure sans s'arrêter pour boire un verre de vin ou prendre une prise de tabac... Aux injures je jugeai de la frayeur que tu causes à tous ces hérétiques.

« Je me fis donner quelques détails sur tes projets et je reconnus que le gouverneur de Québec avait bien tenu sa promesse et fait répandre les bruits les plus absurdes et les plus alarmants sur toute la côte de l'océan Atlantique. Il paraît (au rapport du bon bourgeois de Boston) que tu as résolu d'égorger, piller, brûler, massacrer, exterminer tout ce qui porte un nom anglais dans ce pays-là... Et ce qu'il y a de terrible — toujours au dire du bourgeois, — c'est que toutes tes entreprises sont accompagnées d'un bonheur et d'un succès déplorables pour les enfants d'Israël.

« — Heureusement, ajouta-t-il, l'Éternel, qui veille sur les justes, avait permis que tu fusses frappé à ton tour dans tes plus chères affections. »

« En même temps il me raconta la prise de la Tour-Montluc et la captivité d'Athénaïs et de Lucy. A ce moment, miss Angelina Porter fut séparée de moi par la foule.

« J'en profitai pour interroger le bon bourgeois de Boston, qui me donna des détails qui t'intéresseront, j'en suis sûr.

« — La plus jeune et la plus jolie des deux demoiselles, c'est Mlle Athénaïs de Montluc. Elle est si belle que, toutes les fois qu'elle se montre au balcon, on s'assemble pour la regarder.

« — Et elle, que fait-elle alors?

« — Ah! monsieur, elle rit, elle regarde tous ces gentlemen comme s'ils lui appartenaient et n'avaient été mis au monde que pour satisfaire ou devancer toutes ses fantaisies...

« Tout à coup, comme pris d'une inspiration subite, je quitte mon Bostonien, je prends ma course vers la maison du gouverneur, sir Richard Carroll, sans que rien puisse me retenir.

« On se mettait à table juste à ce moment-là, car les officiers nouvellement arrivés d'Angleterre étaient invités à souper chez le gouverneur. Je jugeai le moment favorable pour mon entreprise et j'essayai d'entrer.

« Deux factionnaires qu'on avait mis devant la porte veulent m'écarter. J'insiste. L'un d'eux m'allonge un coup de crosse, que j'évite très habilement. L'autre m'envoie un coup de baïonnette, qui me frappe sur le vide. Je recule comme de raison, je m'écrie, je monte sur un banc, j'appelle les passants. Je les prends tous à témoin du mauvais traitement qu'on me fait subir, je vocifère à tort et à travers; enfin, à force de crier, voilà que les passants qui s'étaient amassés peu à peu (c'est la coutume de prêcher en plein air dans les rues de Boston), voilà, dis-je, que les passants prennent mon parti, s'ameutent, poussent des cris, commencent à jeter des pierres... Enfin mon succès était complet.

« Sir Richard Carroll, qui d'abord n'avait rien entendu de tout ce tapage ou qui feignait de ne rien entendre, jugea pourtant, à la première pierre que les Bostoniens jetèrent dans les vitres (dont une fut brisée), que le jeu devenait sérieux. Il se leva de table, suivi des officiers ses convives, s'avança sur le balcon et demanda d'un air sévère d'où venait cette émeute. Les bons bourgeois de Boston et surtout celui qui avait jeté la pierre auraient été fort embarrassés de répondre à cette question. Ils gardèrent donc le silence.

« J'en profitai pour expliquer que j'étais un missionnaire presbytérien qui venait d'évangéliser les Peaux-Rouges et qui désirait exposer ses doctrines devant le gouverneur et lui rendre compte de ses aventures.

« Sir Richard Carroll, sans attendre la fin de mes explications, étendit la main et donna l'ordre aux soldats du poste de m'arrêter sur le champ et de me conduire en prison; et, ma foi, son ordre allait être exécuté, si par bonheur Mlle de Montluc et miss Lucy, qui assistaient au festin, n'avaient paru en même temps sur le balcon, attirées par les cris affreux que je poussais sans relâche depuis un quart d'heure. Il était temps, je n'en pouvais plus. J'avais presque perdu la parole.

« Mlle Athénaïs ne m'avait pas tout à fait reconnu, à ce que j'ai su depuis, mais le son de ma voix l'avait frappée. Quand elle entendit donner l'ordre de me mettre en prison, elle me regarda plus attentivement, et, par bonté, pria sir Richard Carroll de me laisser libre. Miss Lucy joignit ses prières à celles de sa sœur, et toutes deux ajoutèrent qu'on ferait mieux de m'appeler, que l'exposition de mes doctrines et le récit de mes aventures les intéresseraient.

« Sir Richard hésitait. Alors Mlle de Montluc demanda d'où je venais. J'entendis la question et je commençai le récit de mes prétendues aventures au pays des sauvages. Plus je parlais, plus la lumière se faisait dans l'esprit de Mlle de Montluc. A la fin, je vis qu'elle m'avait reconnu. Elle éclata d'un fou rire, que mon déguisement rendait assez naturel, et dit quelques mots à l'oreille de miss Lucy, qui eut la bonté de rire aussi de toutes ses forces.

« Toutes deux demandèrent qu'on me fît monter dans la salle à manger. Lucy insista surtout. Sir Richard Carroll, son cousin, qui fait tous ses efforts pour lui plaire, obéit, et je fis mon entrée dans la salle à manger, au milieu de la gaieté de tous les convives.

« Quant à moi, sérieux et grave, j'allais me placer au bas bout de la table, mais Mᶫᶫᵉ de Montluc voulait m'avoir auprès d'elle, et je vis avec plaisir qu'elle faisait reculer pour moi le couvert d'un gentilhomme dont j'appris bientôt le nom.

« C'était le colonel Percy. Il fit tout d'abord mine de résister.

« Je le veux, dit Mᶫᶫᵉ de Montluc, je veux voir de plus près ce missionnaire. »

« Il fallut céder, et Percy recula sa chaise en grommelant je ne sais quoi de furieux contre les caprices des dames et contre moi.

« Après le souper, sir Richard Carroll me retint pour boire avec les autres gentlemen.

« Drôle de gentleman ! dit le colonel Percy à demi-voix. C'est quelqu'un de ces whigs, de ces têtes-rondes, que le vieux coquin d'Olivier Cromwell traînait à sa suite.

« Je répliquai : « Frère, tu n'as pas tort. » Et alors je débitai mon histoire du siège de Londonderry, après quoi sir Richard Carroll me demanda d'où je venais et par quel chemin j'étais entré dans Boston.

« La question était embarrassante. Je répondis cependant avec assurance que, m'étant embarqué sur un navire marchand de Liverpool qui allait faire la contrebande sur la côte du Mexique, j'avais été fait prisonnier par un corsaire français du nom de Gandar, qui croisait dans la mer des Antilles, qu'il avait embarqué notre équipage et les passagers sur une grande chaloupe munie de vivres et de provisions, et nous avait abandonnés sur les côtes de la Floride ; que, poursuivant toujours mon dessein de convertir les Peaux-Rouges à la vraie foi, j'avais traversé la Géorgie, le Maryland, les deux Carolines, la Pensylvanie, le New-York, errant au hasard, tantôt vers le nord, tantôt vers le sud, et qu'enfin je touchais au port, c'est-à-dire à Boston.

« On me demanda si les Français avaient paru sur la côte des États du Sud.

« Je dis qu'on s'attendait à les voir d'un instant à l'autre bombarder Charlestown et attaquer la Jamaïque, qu'on parlait d'une expédition préparée par M. de Frontenac, gouverneur de Québec, et de renforts venus de France.

« A mon tour, je me plaignis qu'on abandonnât les enfants de la Nouvelle-Angleterre aux Philistins. Je parlai, je montrai un zèle ardent pour la guerre, j'offris mes conseils militaires et mon expérience à sir Richard Carroll.

« Un domestique de lady Caroll entra alors dans la salle et me pria de la part de cette dame respectable de venir haranguer les deux demoiselles, qui témoignaient un vif désir de m'entendre. Je le suivis avec empressement et je fus suivi à mon tour de tout l'état-major.

« Je fis d'abord mine de prêcher dans la salle à manger comme j'avais fait au salon ; mais, grâce à Mᶫᶫᵉ de Montluc, je quittai bientôt ce ton pour raconter à mots couverts tes aventures et les miennes, notre retour au Canada et l'espérance que nous avions de la délivrer bientôt en même temps que miss Lucy. Le colonel Percy essaya de déranger notre conversation, mais Mᶫᶫᵉ de Montluc reçut si froidement toutes ses tentatives qu'il fut forcé de nous laisser causer à part pendant un instant.

« Elle me raconta à voix basse les projets de sir Richard Carroll qui voulait à toute force épouser miss Lucy, la menace qu'il faisait de la conduire en Angleterre, l'invasion prochaine du Canada, la querelle du colonel Percy et du colonel Maccarthy, l'ennuyeuse vie qu'on mène à Boston, mille choses, enfin, que nous aurons plaisir à nous rappeler à la Tour-Montluc, quand nous serons de retour au coin du foyer.

« A la fin, lady Carroll s'approcha et la conversation devint générale et tout à fait mondaine. Comme j'avais dit à peu près tout ce que je pouvais dire et que mon imagination allait s'épuiser, je me retirai d'un air grave et puritain qui me fit le plus grand honneur aux yeux de l'assemblée.

« Les jours suivants, je parcourus la ville et la campagne environnante. Je regardai les fortifications, je regardai passer en revue les troupes anglaises et la milice, et j'eus le plaisir d'apprendre que la flotte qui avait transporté les troupes d'Angleterre à Boston venait de mettre à la voile pour aller à la rencontre d'une flotte française qui menaçait la Jamaïque.

« Presque en même temps on reçut la nouvelle de ton arrivée à la Tour-Montluc, de la défaite et de la mort de sir John Arbutnoth, de l'alliance que tu venais de conclure avec toutes les tribus sauvages du Canada, de la Nouvelle-Angleterre et de la Nouvelle-York. On dit que tu allais te diriger sur Boston ou peut-être sur la Pensylvanie, et la frayeur se répandit partout.

« Quant à moi, je suis devenu populaire, je me suis fait un parti puissant dans la ville par mes discours. Sir Richard Carroll prend mes conseils en toute circonstance, quoique, au fond du cœur, il me donne cent fois par jour au diable. Mais il n'ose pas déplaire aux Bostoniens. Mistress Porter, qui a du crédit dans le pays, vante son locataire. Les jeunes demoiselles à marier, ayant appris que je suis encore garçon, me regardent d'un œil favorable...

« Hier enfin, miss Angelina, au bout d'une longue conversation sur le mariage dans laquelle j'avais dit et entendu les choses les plus édifiantes, laissa échapper devant sa mère qu'elle avait renoncé définitivement à M. Kronmark, qui lui avait offert sa main un an auparavant.

« — Tu l'avais pourtant accepté, dit la mère.

« — Eh bien, j'ai changé d'avis, répliqua miss Angelina d'un air dédaigneux.

« — Mais pourquoi ?

Algonquins contre nous, et je demandai, en cachant mon inquiétude, s'il était à Boston.

« — Il va revenir dans cinq jours, dit mistress Porter. C'est l'homme de confiance de sir Richard Carroll. »

LE SERPENT S'ENROULA DOUCEMENT AUTOUR DU CORPS DE BUFFALO

« — D'abord il a été scalpé par les Indiens il y a six mois, et ce n'est pas beau, un mari scalpé ; ensuite... »

« A ces mots de « scalpé » et de « Kronmark », je me rappelai cet Allemand que Pied-de-Cerf scalpa sous tes yeux à Catarocouy pour le récompenser d'avoir excité les

« Je ne demandai pas d'autre détail.

« Si l'homme revient, il me reconnaîtra. S'il me reconnaît, j'aurai la tête coupée. Je serais bien sot de l'attendre.

« Et cependant il ne tient qu'à moi, je le vois bien, de conduire à sa place miss Angelina à l'autel. La mère et la fille m'ont fait mille insinuations flatteuses. Je crois que miss Angelina ne serait pas fâchée de m'avoir pour mari. Cela lui donnerait de l'autorité parmi les autres dames de Boston.

« Voilà, mon cher Montluc, à quel point nous en sommes.

« Boston est rempli de troupes. Les habitants sont remplis de frayeur. Je suis rempli de bons conseils civils, religieux et militaires que j'offre à tout le monde sans relâche. Sir Richard Carroll ne sait à qui entendre. Miss Lucy et Mⁱˡᵉ de Montluc attendent avec impatience ton arrivée. L'armée anglaise attend des ordres et ne sait si elle marchera au nord ou au sud, à l'est ou à l'ouest. Lord John Percy, à qui je ne ménage pas les épithètes, me regarde de travers, mais n'ose me chercher querelle à cause de mon caractère, et moi je cherche soir et matin le moyen d'aller te rejoindre et de revenir ici l'épée à la main.

« Adieu, ami, à bientôt.

« KILDARE. »

A cette lettre, qu'apporta secrètement un Indien Mohawk converti par les jésuites de Québec et qui venait de Boston, était joint un plan de la ville, du port et des fortifications avec tous les renseignements que M. de Kildare avait pu se procurer.

Dès le lendemain, Montluc le Rouge donna le signal du départ pour Catarocouy, où les Canadiens sous ses ordres devaient rejoindre les sauvages, ses alliés.

Presque tous les hommes en état de porter les armes le suivirent. Cinquante seulement restèrent autour du vieux baron Annibal de Montluc, pour empêcher une nouvelle surprise et un retour des Anglais dans le lac Érié.

Je partis moi-même à l'avant-garde avec Montluc le Rouge, car ma réputation, grâce au récit des Canadiens, s'était étendue chez toutes les tribus sauvages, de façon que je passais, bien malgré moi, pour faire des miracles. Beaupoil me suivit aussi, malgré les prières, les larmes et les cris de Marion. « Mais, dit-il, je ne veux pas quitter M. le curé de Gimel, et, s'il lui arrive malheur, j'en aurai ma part. »

Monté sur un magnifique cheval blanc de race normande et digne de son cavalier, armé d'une carabine en bandoulière, d'une paire de pistolets à deux coups et d'une grande épée, Montluc s'avançait en tête de la colonne et, comme disait l'Algonquin Pied-de-Cerf, « il semblait être Areskoui, le dieu de la guerre ».

J'étais à sa droite, monté sur un bon bidet de campagne; à sa gauche était son frère Charlot, monté, lui aussi, non sur un cheval, mais sur son élan, qui dépassait à la course les chevaux les plus rapides.

Nous fîmes cent vingt lieues en six jours et nous arrivâmes à Catarocouy, où, le lendemain matin, les sauvages de toutes les tribus alliées se rencontrèrent avec nous. Nous allions repartir, lorsqu'un courrier envoyé de Québec apporta deux lettres, l'une de M. de Frontenac et l'autre de Gandar.

Voici la première : Québec, 15 juillet 1697.

« Monsieur de Montluc,

« J'ai appris avec tout le plaisir que vous pouvez concevoir la victoire que vous avez remportée sur les Anglais dans le lac Érié et la délivrance de monsieur votre père. Je n'attendais pas moins de votre courage et de votre habileté.

« Vous mandez en même temps que vous marchez sur Boston et de là sur New-York, et, pour dire la vérité, je voudrais que la chose fût faite, car il n'est déjà plus possible de la faire. Je reçois à l'instant même de M. de Pontchartrain, ministre de la marine, l'avis que la paix est proche, qu'elle peut être conclue d'un instant à l'autre; que les plénipotentiaires de Ryswick sont convenus presque de tout, et qu'il faut éviter l'effusion du sang. Je ne sais quelles seront les conditions. Probablement on rendra de part et d'autre les prisonniers et les pays occupés.

« Arrêtez-vous donc si vous avez entrepris quelque chose et gardez-vous de tirer un coup de fusil sur les Anglais. Vous seriez désavoué. Peut-être même vous ferait-on un procès. Vous connaissez Versailles et la malveillance de M. de Pontchartrain.

« Croyez-moi toujours, monsieur de Montluc, votre tout dévoué serviteur et ami.

« FRONTENAC. »

Montluc le Rouge lut la lettre le premier, me la tendit sans rien dire, regarda quelques instants le lac Ontario d'un air de réflexion profonde et demanda :

« Que pensez-vous de cela, mon cher monsieur le curé? »

Je répondis bonnement :

« Monsieur, rien ne pouvait arriver de plus heureux.

— Vous trouvez?

— Comme dit M. de Pontchartrain, il faut éviter l'effusion du sang... Pensez donc, monsieur, les Anglais vont être obligés de rendre leurs prisonniers et surtout leurs prisonnières... »

(J'appuyai sur ces derniers mots, pensant à Mⁱˡᵉ Athénaïs et à miss Lucy Carroll.)

« Ils rendront aussi les pays conquis... »

Montluc le Rouge m'interrompit:

« Monsieur, me rendront-ils la maison qu'ils ont brûlée, mes amis qu'ils ont tués?

— Mais si le roi fait la paix?

— Le roi! le roi! dit-il avec impatience. Mon père et moi, nous avons combattu pour lui; mais lui, qu'a-t-il fait pour nous? Il lui plaît de traiter à présent... Il ne me plaît pas à moi. »

Et comme j'étais étonné et presque scandalisé :

« Nous autres Canadiens, dit-il, nous ne dépendons et ne voulons dépendre ni des rois ni des ministres. Qui a équipé une flotte pour venir au secours de mon père, dont on ne s'occupait guère en France à la cour du roi Louis XIV? C'est Gandar. Qui a levé une armée pour prendre Boston? C'est moi, avec l'argent de Gandar. Qui va donner l'assaut?

C'est moi. Qui bloquera le port? C'est Gandar. »

J'essayai de dire que M. Gandar lui-même étant sujet du roi de France devait obéir aux ordres du ministre.

« Bah! répliqua Montluc, quand on vit sur mer, qu'on fait sa fortune à la pointe de l'épée, qu'on a vu cent fois le feu, et qu'on n'attend rien du roi, on est libre d'aider ses amis... »

Et il ajouta d'une voix profonde : « Quand je serais seul avec mes sauvages ou même avec mes Canadiens, je ne lâcherais pas prise... Au reste, la paix n'est pas signée, ou, si elle est signée, elle n'est pas ratifiée, et je suis encore libre de tirer l'épée. »

Puis il ouvrit la lettre de Gandar et la lut tout haut pour Charlot et pour moi. La voici :

« En pleine mer, en plein brouillard,
« sur la côte du Massachusetts.

« 8 juillet 1697.

« Cher ami, des morues, des morues, et encore d'autres morues; des brouillards, des brouillards et de la pluie, c'est tout ce qu'on voit sur la chienne de mer où je me promene depuis dix jours.

« Mais tu m'as dit de croiser devant Boston, et je croise. Tu m'aurais dit de taper sur mes doigts avec un marteau en t'attendant, j'aurais tapé. Pour me distraire, je fais de temps en temps le tour du cap Cod.

« Tu ne connais pas le cap Cod? Tu as tort.

« C'est le rendez-vous des morues. Elles viennent se promener là comme les dames de Paris vont se promener aux Tuileries ou sur la place Royale. Aussi les pêcheurs de Boston y viennent à leur tour et les prennent par centaines de mille. Moi, voyant ça, j'ai fait comme eux, non pas pour prendre des morues — mon équipage n'en veut plus, il en est malade, — mais pour causer un peu avec les gens de Boston. Ils se sauvent quand ils me voient, mais je cours sur eux, je les rattrape, je leur demande des nouvelles, et comme ça je sais tout ce qu'il faut savoir. C'est souvent intéressant, comme tu vas voir.

« Premièrement, j'ai su qu'un nommé Gandar, de Marseille, croisait dans la mer des Antilles avec une flotte, pour prendre la Jamaïque, où le rhum est à bon marché.

« Tu comprends : cette nouvelle m'a fait rire. On est toujours content d'apprendre du nouveau.

« Secondement, j'ai appris qu'une grande flotte anglaise courait à sa poursuite à trois cents lieues d'ici.

« Ça aussi, ça m'a réjoui.

« Troisièmement, mais là il n'y avait plus de quoi rire, on m'a raconté une histoire de notre ami Kildare, et cette fois j'ai dressé l'oreille.

« Il paraît que Kildare est entré dans Boston comme il avait promis, qu'il a vu Mlle de Montluc et miss Lucy, lorsque tout à coup, sur un soupçon, les gens de Boston l'ont mis en prison pour le pendre après, comme c'est la coutume du pays. J'ai demandé pourquoi. On m'a répondu que c'était un officier irlandais au service de France, tout ce que tu sais enfin, qu'il avait été reconnu par un nommé Kronmark et dénoncé au gouverneur, qu'on l'avait saisi pendant qu'il dormait, qu'il avait tué un homme à coups de pistolet en se défendant, et qu'on le jugerait le jour même en conseil de guerre. Le patron de pêche qui me racontait tout cela était même pressé de rentrer au port, afin d'assister au procès et ensuite de voir pendre notre ami.

« Tu penses que je n'avais plus envie de rire. Je dis au Bostonien :

« — A quelle heure doit-on le juger?

« — Ce soir, à cinq heures. Et il sera pendu demain matin. »

« Je pensais en moi-même : Pendu! pendu! Pas possible! Et je cherche un moyen de couper la corde. Il était à peu près midi, j'étais à trois lieues de Boston. Je fais mon calcul et je demande au pêcheur :

« — Combien faut-il de temps pour aller d'ici à la ville? »

« — Il me répond :

« — Pour moi, quatre heures. Mais vous, vous n'y arriverez jamais; il y a deux forts armés de trente canons chacun, six mille hommes de troupes régulières et deux mille miliciens. »

« Je lui dis : « Mon garçon, tu connais la morue, mais tu ne connais pas le capitaine Gandar, de Marseille. Donne-moi tes habits. »

« Il fait des façons. Je le fais déshabiller, lui et son équipage de pêcheurs, en lui donnant des habits, bien entendu, car il ne faisait pas chaud. J'habille dix de mes hommes en pêcheurs de morue, je cache leurs pistolets dans leurs poches, je fais garder mes prisonniers à bord avec ordre de les bien traiter et de ne pas les lâcher jusqu'à mon retour, et je prends la route de Boston, où j'arrive vers sept heures du soir. Les forts, voyant passer un bateau de pêche comme à l'ordinaire, n'avaient pas tiré un seul coup de canon. D'un boulet ils m'auraient coulé à fond.

« Par bonheur il pleuvait ce soir-là comme au temps du déluge, et nous ne trouvâmes personne sur le port. Nous débarquâmes au hasard des tas de morues dont nous ne savions que faire, et je demandai à un bourgeois qui passait le chemin du conseil de guerre.

« L'autre, pressé de souper, me montra de la main un grand bâtiment et me dit :

« — C'est là-bas, dans la maison de sir Richard Carroll, le gouverneur, à deux cents pas d'ici. »

« Là-dessus, sans attendre davantage, nous allons par deux, par trois, mes hommes et moi, rompant le pas, de peur d'être remarqués, à dix, douze, vingt pas de distance, jusqu'à la maison désignée. Nous avions les mains dans nos poches, et dans chaque main un pistolet, et à côté du pistolet un flacon de bonne eau-de-vie de France. Tu comprends quand on veut bien faire, il faut se réchauffer le cœur.

« Avant d'entrer, je dis à mes hommes : « Mes amis, vous savez de quoi il retourne pour vous, pour moi et pour celui qui est là dedans ?... De vie et de mort, pas davantage. Vous, Marseillais, excepté ceux qui sont Basques (mais alors à force de mérite ils ont obtenu de passer Marseillais), vous ne savez pas le premier mot du patois de ce pays,... moi, je sais toutes les langues de l'univers, depuis le provençal, qui est la plus belle, jusqu'au chinois, qui est la plus courte. C'est moi qui répondrai pour tous. »

« Voilà donc, c'est convenu. Nous entrons alors dans la salle, qui était pleine de monde. Au fond, tout au fond, je vois trois gentlemen habillés de robes noires et coiffés de perruques blanches comme des notaires. Je demande à mon voisin, un grand diable maigre et long comme une carabine de six pieds :

« — Qu'est-ce que c'est que ça ? »

« Lui me regarde de travers à cause de mon accent marseillais qui se voyait sous mon anglais. Il me répond :

« — Ça, c'est la cour du comté.

« — Et le juge du milieu, comment que tu le nommes ?

« — C'est M. James Philips, un ancien d'Israël... »

« Alors, faisant signe à mes hommes de me suivre, et jouant des poings et des coudes dans la salle, je suis arrivé au premier rang pour mieux voir.

« Vraiment, c'était curieux. Figure-toi, mon bon, douze gentlemen rangés sur deux files, avec des habits marrons, des mines longues, des airs respectables et tout ce qu'il faut pour écrire. On les appelle des jurés.

« Je demande tout bas à mon voisin :

« — Qu'est-ce qu'ils font là, ces jurés ? »

« L'autre me réplique :

« — Ils vont juger si ce scélérat est coupable. »

« Le scélérat, tu m'entends, c'était Kildare, qui était assis sur un banc en face d'eux avec quatre policemen pour le garder, placés aux quatre vents du ciel et de la mer.

« Derrière les juges, qu'on appelle la cour du comté, on avait mis tout ce qu'il y avait de dames et de demoiselles dans Boston — de demoiselles surtout ; car les dames restent à la maison pour faire le thé et mettre le jambon sur le pain beurré ; mais les demoiselles, les misses, comme on les appelle ici, ont la permission de se promener tout le jour, et elles en profitent, que c'est une bénédiction !

« Voilà donc qu'au fond sur l'estrade, pêle-mêle avec les officiers anglais, les riches gentlemen de la ville et les jolies misses, on voyait sir Richard Carroll, le gouverneur, et deux demoiselles que je reconnus tout de suite sans les avoir jamais vues. L'une des deux te ressemblait tout à fait.

« Tous les gentlemen la regardaient d'un air d'admiration, comme s'ils n'avaient jamais rien vu de pareil, et toutes les femmes la regardaient en pinçant les lèvres, comme si elles avaient voulu la mordre. Elle, de son côté, se laissait admirer et mordre, comme si c'avait été son métier naturel, ordinaire et supérieur... On lui parlait, elle répondait, elle souriait, et ses yeux se tournaient vers l'ami Kildare.

« Je demande en la montrant du doigt :

« — C'est une Française, celle-là ? »

« Mon voisin me répond :

« — Et une fière Française encore ! Elle leur fait perdre la tête à tous... C'est la fille du vieux Montluc, le Grand-Ours-Noir, le Seigneur des Grands Lacs, comme on l'appelle ici, et la sœur de Montluc le Rouge, un brigand qui n'a peut-être pas son pareil en Amérique...

« — Et l'autre ?

« — Ah ! l'autre, c'est miss Lucy Carroll. »

« Et alors, voilà que mon Bostonien me raconte son histoire et la tienne de part en part, que j'écoute de bout en bout comme si je n'en avais jamais su le premier mot : que ton père l'avait sauvée des Algonquins à l'âge de deux ans, que ta mère l'avait élevée, que le Père Fleury l'avait baptisée, et que vous alliez vous marier, lorsque sir Richard Carroll, son cousin, l'avait enlevée par force en ton absence, qu'il voulait l'épouser, que miss Lucy ne voulait pas, que son oncle d'Angleterre la réclamait pour lui laisser une fortune immense, la moitié d'un comté, que les affaires en étaient là, etc., etc.

« A la fin, j'ai demandé en montrant l'ami Kildare :

« — Qu'est-ce qu'on va faire de celui-là ?

« — On va le juger d'abord.

« — Et après ?

« — Après ?... on va le pendre. »

« M. de Kildare était assis sur son banc, habillé de pied en cap de soie et de velours, comme un gentilhomme qui viendrait à Versailles faire sa cour au roi et aux dames. Il avait même une perruque longue d'un pied et demi pour faire enrager les puritains de Boston, qui ont les cheveux courts, et pour plaire aux misses, qui n'avaient jamais rien vu de pareil, excepté sur la tête de quelques gentilshommes anglais.

« Je crois qu'il avait employé tout son argent à l'achat de cette fameuse perruque.

« Avec ça, fier comme Artaban, plus lord et plus Kildare que jamais sur son banc d'accusé, il avait l'air d'un gaillard qui n'a pas froid aux yeux. En le voyant, je pensais en moi-même : « Toi, mon petit, tu seras « peut-être pendu, mais tu ne feras pas la « grimace comme tes juges. »

« — Qu'est-ce donc qu'il a fait de son avocat ? dis-je encore à mon voisin.

« — Qui ?

« — Le scélérat, le Kildare.

« — Il n'en a pas.

« — Pourquoi donc ? Est-ce que les avocats manquent à Boston ? »

« L'autre me réplique :

« — Des avocats ! nous en avons des demi-douzaines, des douzaines, des trentaines, et des meilleurs ; mais ça ne vit pas de l'air du temps, les avocats ! ça ne parle pas pour rien...

« — Eh bien ? Est-ce qu'il n'en a pas voulu ? »

« — Il en voulait bien, té, mais il n'avait pas d'argent pour payer. »

« Moi, ça m'indigne, je crie :

« — Ça n'est pas juste ; s'il faut payer, je payerai... Combien ça vaut-il, un avocat, ici ? »

« Le voisin me riposte :

« — C'est selon... Avez-vous beaucoup d'argent ?

— J'ai tout ce qu'il faut pour payer quatre avocats. »

« Et je tire de ma poche trente quadruples d'Espagne.

« L'autre, voyant ça, ouvre les yeux comme des portes cochères et dit :

« — Ne cherchez pas plus loin. Je suis votre homme. »

« En même temps il fait signe au portier, qui lui donne une robe, une toque, une perruque ; il se met tout ça sur la tête et sur le corps, et surajoute :

« — Vous voyez en moi M. Prutt, l'avocat le plus renommé de Boston... Demandez à tous ceux qui sont là... Qu'est-ce que vous voulez qu'on plaide ? *Guilty* ou *not guilty* ? (Coupable ou non coupable ?) »

« Je lui réponds :

« Plaidez ce que vous voudrez, pourvu qu'on ne lui coupe pas la tête et qu'on ne lui serre pas le cou avant trois mois... Après, nous verrons... D'ici là, il aura passé beaucoup d'eau sous les ponts. »

« Il me riposte :

« — C'est difficile, parce que lord Kildare est déjà condamné à mort depuis longtemps ; mais si vous me promettez soixante-dix quadruples de plus, j'en réponds. »

« Je cherche dans mes poches... Plus rien !... Je lui dis :

« Commencez par dire quelque chose, monsieur Prutt ;... si je suis content, je donnerai cent quadruples de plus au lieu de soixante-dix. »

« Il me répliqua :

« — Ça, c'est juste... Vous voulez connaître la qualité de la marchandise avant de payer... C'est tout à fait juste. »

« En même temps il étend le bras vers les juges, il ouvre une grande bouche et commence d'une voix terrible :

« — Mylord et gentlemen. »

« Mylord, c'était James Philips, et gentlemen, c'étaient ses deux compagnons.

« A ce bruit, tout le monde se retourne, et Kildare le premier, plus étonné que tous les autres.

« Dans toute l'assemblée on disait :

« — C'est M. Prutt. C'est le fameux M. Prutt... Ah ! M. Coutts ne va pas être à son aise ! »

« Ça me fit plaisir, parce que je vis bien que j'avais eu la main heureuse... M. Coutts, c'était l'attorney général : un grand maigre, long, avec une grosse perruque et des favoris

roux, des pommettes saillantes et une mine de déterré.

« M. James Philips, voyant M. Prutt étendre le bras, entendant M. Prutt l'appeler mylord, lui demanda ce qu'il voulait.

« — Mylord juge, répondit M. Prutt, je suis avocat de profession, comme vous savez, et je viens plaider pour Sa Grâce lord Donald O'Brian, comte de Kildare, faussement accusé de trahison, comme je me fais un devoir de vous le prouver quand le moment sera venu... Mais avant tout, je demande la permission pour mylord de Kildare de communiquer librement avec ses amis. »

« Il faut te dire d'abord que l'ami Kildare, qui ne s'attendait plus à trouver un avocat, allait se lever et dire qu'il ne connaissait ni Prutt, ni Prott, quand je lui fis signe, n'étant plus qu'à trois pas de lui, de rester muet comme une carpe.

« A quoi, m'ayant reconnu, il obtempéra comme un sage.

« Pour lors, le *chief justice* Philips accorda la permission demandée, et l'audience fut suspendue pour un quart d'heure, que je passai dans une chambre à côté, avec Kildare et M. Prutt — toujours sous la garde des policemen armés de pistolets et de coutelas, qui nous suivaient de l'œil par la porte entr'ouverte.

« Là, voilà que Kildare m'embrasse comme du pain. Je lui fais signe que l'avocat nous écoute et je dis en anglais :

« — M. Prutt va plaider ton procès. Et en attendant, il va s'écarter un peu, pour nous laisser causer de nos affaires. »

« M. Prutt fait la grimace et va dans un coin. Alors Kildare me raconte toutes ses aventures, que tu sauras tout à l'heure par les témoins, et comment il s'est fait prendre.

« Je lui réplique :

« — Mon petit, tout le monde nous regarde, ça n'est pas le moment de causer ; mais tiens-toi prêt. Un jour ou l'autre, nous viendrons t'enlever, Montluc le Rouge et moi. En attendant il faut gagner du temps. Je te paye un avocat. Il m'a promis de faire durer ton procès trois mois. Pour toi, à toute minute sois prêt à bien faire. C'est Gandar qui veille sur toi, Gandar de Marseille, tu m'entends ? Et Montluc qui n'est pas loin. Et si c'est nécessaire, nous mettrons le feu à toutes leurs baraques, et l'on verra la flamme dans les deux Amériques. »

« Après ça, je fais signe à Prutt de s'approcher, et, sans lui dire qui je suis, je lui recommande notre ami ; nous convenons de nos faits et nous rentrons dans la salle.

« Le public nous attendait. Toutes les dames firent un ah ! de plaisir qui dura autant de temps qu'il en faut pour faire cuire une demi-douzaine d'œufs à la coque l'un après l'autre. Quand ça venait de finir, ça recommençait.

« Pour lors, voilà que chacun se met à sa place, moi à deux pas de Kildare, M. Prutt à côté de moi. Derrière lui, les jurés ; à gauche, Son Honneur M. James Philips ; en face. les misses et les gentlemen de tous les côtés.

« M. Coutts, l'attorney général, prit la parole.

« Il dit que Kildare était un bandit, un assassin, un traître, qu'il avait tué un homme dans Boston même qu'il en avait estropié un autre, qu'il s'était fait condamner à mort en Irlande, que sa tête avait été mise à prix par le Parlement, *et cætera;* tu connais le reste.

« Alors on fit entrer les témoins à charge.

« Le premier, c'était mistress Porter, veuve de M. James Porter, propriétaire de la maison qu'habitait lord Kildare.

« Tournez-vous vers moi, mistress Porter, dit l'attorney général... Bien, très bien... Messieurs les jurés, vous allez entendre la respectable veuve de feu M. James Porter, le célèbre théologien dont la science et la vertu ont fait tant d'honneur à cet Etat... Voulez-vous avoir l'extrême bonté de nous confier votre âge, mistress Porter? »

« La vieille dame fit la grimace d'un chat qui boit du vinaigre, et demanda si c'était vraiment bien nécessaire de donner ce renseignement.

« — Très nécessaire, en vérité. »

« Elle confessa en soupirant qu'elle avait quarante ans passés. Sur sa mine on lui en aurait offert douze ou quinze de plus.

« M. Coutts demanda ce qu'elle savait de l'accusé, la conjurant de n'en pas cacher la moindre chose.

« Elle répondit qu'étant veuve d'un presbytérien, obligée pour vivre d'exercer une profession modeste, mais utile et respectable, et d'offrir le vivre et le couvert à tous les gentlemen qui voulaient bien lui payer cinquante-cinq shillings par semaine, elle avait vu avec plaisir s'introduire sous son toit M. Kildare, ce loup dévorant qui s'était couvert de la peau de la brebis pour tromper le troupeau,... ce serpent rusé qui... et que...

« M. Coutts lui coupa la parole, pour lui demander à quelle occasion on avait découvert son complot criminel contre la sûreté du Massachusetts et l'intérêt de S. M. le roi Guillaume.

« Voici, monsieur. C'était un mardi soir; j'étais en train de faire les comptes de mes locataires avec mon Angelina... Nous causions...

« Mais mistress Porter, se perdant dans des détails oiseux concernant les dettes de tel ou tel de ses pensionnaires, M. Prutt sollicita de mylord, président de la cour du comté, la permission d'interroger un autre témoin. On appela miss Caroline Py, attachée au service du témoin précédent, comme dit mylord.

« Mistress Porter, déclara-t-elle, causait avec miss Angelina. Elles parlaient du mariage de celle-ci. L'une et l'autre trouvaient que le docteur Kildare ferait un bon mari, mais malheureusement il ne se déclarait pas.

« Alors mistress Porter essaya de consoler miss Angelina : « Mon enfant, tu ne seras pas en peine de trouver un mari. D'abord tu es engagée à M. Kronmark... »

« Avant que miss Angelina eût répondu, voilà qu'on frappe à la porte, et mistress Porter me crie d'aller ouvrir... Je me sauve, je reprends mes souliers, je descends... J'ouvre.. C'était justement M. Kronmark, l'Allemand...

« Comme vous savez, c'est un ancien client de la maison, et même, l'an dernier, il avait été fiancé à miss Angelina ; mais elle n'en veut plus depuis que les Peaux-Rouges lui ont enlevé la peau de la tête jusqu'aux oreilles ; et, comme vous verrez tout à l'heure, ça n'est pas beau.

« En entrant, il saute au cou de mistress Porter, puis va présenter ses devoirs à miss Angelina, qui recule et qui se sauve en lui fermant la porte au nez.

« Vous jugez comme ça fit plaisir au gentleman.

« Il demanda:

« — Madame, est-ce que miss Angelina ne me reconnaît pas? »

« Effectivement, avec les marques qu'il avait sur la tête et sur la figure, on aurait bien pu ne pas le reconnaître... Mais voilà que mistress Porter voulut lui expliquer les choses: que miss Angelina a changé d'avis, et le reste.

« J'écoutais tout ça, et je riais. Mais l'Allemand ne riait pas, lui! Il criait de toutes ses forces:

« — Eh bien, oui, je suis scalpé... eh bien, après? Est-ce que miss Angelina va manquer à sa parole pour un peu de peau de plus ou de moins?... Je mettrai une perruque, voilà tout! Et je ne serai pas le premier, ni le dernier! »

« Alors mistress Porter essayait de le consoler. Elle lui disait:

« — Mon ami, que voulez-vous! c'est une fantaisie d'Angelina. Ces petites filles n'y connaissent rien. Au fond, vous êtes tout aussi beau qu'auparavant. »

« Et c'était presque vrai, car il avait autrefois des moustaches et des cheveux jaunes comme de la peau d'orange.

« Il levait les bras au ciel en disant:

« — Scélérate Angelina! Et moi qui lui apportais cinq cents guinées que j'ai gagnées, Dieu sait comment, pour entrer en ménage! »

« A la fin, il cria:

« — Au moins, Caroline, donnez-moi la clef de ma chambre. »

« C'est là, mylord président, que je fus bien embarrassée, et mistress Porter encore plus que moi, car cette chambre était justement celle qu'on avait louée à lord Kildare, parce qu'on n'attendait pas aussi tôt le pauvre Allemand.

« Comme je ne disais rien et ne bougeais pas, voilà qu'il crie encore plus fort:

« — Allons, Caroline, ma clef! »

« Comme vous pensez bien, mistress Porter se grattait la tête avec son aiguille à tricoter. C'est sa manière quand elle cherche ses idées.

« A la fin elle lui dit:

« — Mon ami, mon cher monsieur Kronmark, la chambre n'est pas libre pour le moment. »

« Et comme il allait se fâcher, elle se dépêcha d'ajouter :

« — Mais j'en ai une meilleure à vous offrir.

« — Je n'en veux pas d'autre, dit le gentleman ; je veux la mienne.

« — Elle est louée ! »

« Alors le gentleman se mit à jurer, à blasphémer :

« — Je veux ma chambre ! Je la veux à tout prix !

« Et d'un coup de pied il enfonce un battant de la porte de lord Kildare.

« Mylord lisait justement à sa fenêtre. Il voit sa porte enfoncée et l'Allemand qui entre, mistress Porter tout effrayée qui cherchait à le retenir, et moi qui n'étais pas rassurée.

« Ah ! son affaire ne fut pas longue ! Mylord pose sa Bible sur le lit, s'avance vers M. Kronmark, le regarde fixement, et comme l'autre le prenait au collet, il lui envoie entre les deux yeux un coup de poing à assommer un bœuf. Le gentleman tombe ; mylord le prend par les pieds, le traîne dans l'escalier, se lave les mains et referme tranquillement la porte.

« Vous jugez si mistress Porter était à son aise. Elle criait :

« — Un tel scandale dans ma maison ! Quel malheur ! Un si savant docteur, si éloquent (car c'est vrai que mylord parlait très bien), être obligé de boxer avec un autre gentleman, sous mes propres yeux ! Ah ! j'en mourrai ! Caroline, Caroline, allez me chercher une pinte de whisky, chez l'apothicaire du coin. J'ai besoin d'un verre ou deux pour me remettre. »

« Le pauvre gentleman, qui avait roulé dans l'escalier, en avait besoin, lui aussi. Mais aussitôt qu'il fut relevé, il voulut m'envoyer chercher la police. Miss Angelina ne voulut pas.

« Alors le gentleman lui dit :

« — Perfide Angelina, vous mériteriez d'être étranglée de mes mains. »

« Et il allait la saisir par le cou, mais elle cria : « Au secours, monsieur Kildare ! au secours ! » et mylord Kildare ouvrit sa porte comme pour boxer encore.

« A cette vue, le gentleman allemand recule, regarde mylord en face et s'écrie :

« — Comment ! c'est Kildare, ce docteur ? Ah bien ! nous nous connaissons, alors !... Nous allons nous expliquer tout à l'heure. »

« Et il courut chercher le marshall du comté et deux policemen, qui arrivent avec quatre soldats et un sergent, la baïonnette au bout du fusil. Miss Angelina était consternée. Elle disait :

« — Monsieur Kildare, qu'est-ce que ça ? »

« Alors, lord Kildare a répondu :

« — Chère miss Porter, ce n'est rien. C'est un drôle que j'ai rencontré dans mes voyages. Il a déjà voulu me jouer un mauvais tour... »

« Tout en parlant, lord Kildare cherchait quelque chose. Je croyais que c'était sa

Bible, et j'ai dit qu'elle était sur le lit. Mais il m'a répondu :

« — Merci, Caroline. Où je vais, la Bible ne me servirait pas beaucoup. »

« Ce qui m'a fort étonné. Je croyais mylord beaucoup plus pieux que cela. C'est alors que j'ai vu qu'il prenait une paire de pistolets et qu'il en faisait jouer les ressorts.

« J'ai eu peur, et miss Angelina lui a dit :

« — Monsieur Kildare, à quoi pensez-vous ? Où allez-vous ? Que comptez-vous faire ? »

« Alors mylord a répondu en riant :

« — Ma chère miss Porter, je pense à m'en aller. Je compte, si quelqu'un me met la main au collet, lui brûler la cervelle. Et maintenant, ma chère demoiselle, et vous, Caroline, faites-moi place. »

« Miss Angelina est devenue toute pâle. Elle a demandé :

« — Mais qui vous oblige...? »

« Il a répondu :

« — Chère miss Porter, vous ne me connaissez pas !... Vous me croyez protestant. Je suis catholique. Vous me croyez le docteur Kildare. Je suis Donald O'Brian, comte de Kildare, le dernier descendant des anciens rois d'Irlande, présentement au service de S. M. le roi Louis XIV de France, et fidèle sujet du roi Jacques. C'est moi qui ai fait couper les oreilles à Kronmark, au pays des Algonquins, et c'est pour cela qu'il m'a reconnu, et pour cela aussi qu'il veut me faire couper la tête. »

« Miss Angelina lui a dit, toute tremblante :

« — Oh ! sauvez-vous alors ! sauvez-vous ! vous ! »

« Il a regardé sur le quai, par la fenêtre ouverte, et lui a répondu :

« — C'est trop tard. Voici les policemen et les soldats qui arrivent. Vous allez voir, miss Angelina, comment Donald O'Brian sait mourir. »

« Et comme elle pleurait et répétait toujours :

« — Pour l'amour de Dieu, mylord, sauvez-vous ! »

« Il a tiré de son doigt une bague avec un diamant et lui a dit :

« — Miss Angelina, ceci est l'anneau de mariage que mon père, le comte de Kildare, avait à ma mère, et que j'espérais offrir un jour à Mlle Athénaïs de Montluc... Promettez-moi de le lui remettre.

« — Je le jure ! » a dit miss Porter.

« Il n'était que temps, messieurs, car les policemen et les soldats montaient l'escalier.

« Lord Kildare nous a poussées dehors, miss Porter et moi.

« M. le marshall du comté frappa deux coups à la porte de lord Kildare. Miss Angelina Porter et moi, nous étions dans l'escalier du second étage, et nous regardions, penchées par-dessus la rampe. Miss Angelina disait :

« — Je me suis toujours doutée que c'était un lord !... Il n'avait pas la mine des autres gentlemen ! »

« Le marshall et les deux policemen frappèrent donc à la porte de mylord, qui ne répondit pas. Il s'était barricadé derrière des matelas. On enfonça la porte à coups de crosse de fusil. Mylord cria: « Le premier qui entre, je lui brûle la cervelle! » Alors le marshall lui répliqua: « Au nom du Roi et de la loi, rendez-vous! » et il essaya de passer; mais nous vîmes le canon du pistolet de mylord qui visait M. le marshall et qui le fit reculer de deux pas dans l'escalier. Un des policemen voulut saisir le pistolet, mais mylord fit feu et le pauvre homme tomba raide mort.

« Alors miss Angelina et moi, nous eûmes peur et nous nous appliquâmes contre le mur, de peur des balles.

« En même temps, le marshall commanda aux soldats de faire feu dans la chambre; mais, comme ils ne voyaient pas mylord, ils tirèrent au hasard, le manquèrent, et cassèrent la glace.

« Mistress Porter, qui l'entendit, cria:

« — Seigneur Dieu d'Israël! on va démolir tout mon mobilier. Et qu'est-ce qui me le paiera maintenant? Est-ce le misérable qui me doit déjà quatre-vingt-quinze shillings? »

« M. le marshall répondit avec force:

« — Si le misérable n'a pas d'argent, M. Kronmark en a; et comme c'est lui qui est venu nous chercher et qui nous appelle à son secours, c'est lui qui payera. »

« Tous les autres se mirent à rire dans l'escalier, comme des bienheureux dans le ciel.

« M Kronmark voulut réclamer et grogner suivant la coutume de son pays; mais le marshall le prit par les épaules, le poussa malgré lui dans la chambre, et lui dit:

« Monsieur Kronmark, c'est pour vous et sur votre dénonciation, que nous sommes venus. Vous aurez votre part des balles. »

« Et en effet il eut sa part.

« Voyant qu'il ne pouvait pas s'empêcher d'être brave, il tira sur mylord un coup de pistolet; mais mylord, qui n'a pas froid aux yeux, et qui bondit comme un chat, lui fit, du bout de son épée, sauter le pistolet de la main, au moment où le coup partait, et lui tira à son tour un coup de pistolet dans la cuisse.

« — Un terrible coup? demanda le farouche M. Coutts, attorney général, qui voulait absolument faire pendre l'ami Kildare.

« — Oh oui! un terrible coup, monsieur! car il a fallu couper la jambe à M. Kronmark!

« — Et ensuite? demanda M. Prutt, qui paraissait tout réjoui d'apprendre qu'on avait coupé la jambe à un gentleman allemand.

« — Ensuite, monsieur?... reprit Caroline Py. Eh bien, vous savez comme moi ce qui s'est passé (et même mieux que moi); les policemen et les soldats se jetèrent sur mylord qui leur jeta, lui, ses pistolets à la tête et cassa le nez de M. le marshall, comme vous pouvez voir, mylord... »

« En effet, le nez du pauvre marshall, encore jaune et meurtri du coup qu'il avait reçu, ressemblait à une patate à demi grillée.

« Caroline Py continua:

« — Comme mylord n'avait plus d'armes, il sauta par la fenêtre, qui n'est qu'au premier étage, et se serait sauvé peut-être; par malheur, il tomba debout sur un pavé pointu.

« — Par malheur! interrompit M. Coutts, d'un air menaçant. Par malheur!... mesurez vos expressions, Caroline Py, si vous ne voulez pas vous exposer... »

« Alors, M. Prutt, qui surveillait M. Coutts, reprit avec hauteur:

« — A quoi s'exposerait le témoin, monsieur l'attorney général, si le témoin jugeait à propos de dire la vérité? A quoi s'exposerait l'honorable témoin, monsieur l'attorney général, si l'honorable témoin jugeait à propos de céder au mouvement d'une sensibilité naturelle? Quel danger courrait cette charmante et courageuse jeune fille — oui, messieurs les jurés, je ne crains pas de l'appeler charmante et courageuse, — quel danger... oui... quel danger dans cette libre colonie de la libre et vieille Angleterre? »

« La voix de M. Prutt résonna d'abord comme un trombone quand il parla de la vérité, puis comme une flûte quand il parla de la sensibilité naturelle de Caroline Py, puis comme une trompette qui appelle les citoyens au combat, quand il parla de la libre colonie de la vieille et libre Angleterre.

« Les larmes vinrent aux yeux de toutes les misses. Les hourras sortirent du gosier de tous les gentlemen... Foi de Gandar! je n'aurais pas donné pour cinq cent mille livres ma place à ce spectacle.

« Vraiment, j'étais content. J'avais mis la main sur un fameux avocat, sur un avocat terrible, et je ne regrettais pas mon argent. L'avocat, vois-tu, Montluc, c'est l'âme des nations, c'est le traducteur des lois.

« Enfin, si je n'étais pas Gandar, je voudrais être avocat.

« M. Prutt donc, étant tout ce que je viens de dire et Yankee par-dessus le marché, mais Yankee du Connecticut, où se trouve l'espèce la plus merveilleuse de Yankees, jouit un instant de son triomphe et reprit:

« — L'honorable et charmant témoin (Caroline Py), voudrait-il nous favoriser de la suite de son récit, et le reprendre à ces mots que M. l'attorney général a interrompus, j'ose le dire, si mal à propos? »

« Alors Caroline reprit:

« — Par malheur, mylord tomba debout sur un pavé pointu et se foula le pied, de sorte qu'au lieu de courir au port et de s'échapper, il se releva avec peine, au moment même où les soldats, le sergent, le marshall et le policeman vivant le prenaient au collet et l'emmenaient en prison. »

« Ici elle s'arrêta.

« — Vous n'avez rien vu ni entendu de plus, miss Caroline Py? demanda M. Prutt, du ton d'un père qui interrogerait sa fille.

« — Non, monsieur Prutt. »

« Alors M. Prutt demanda qu'on fît venir miss Angelina Porter.

« La jeune demoiselle fut introduite et interrogée à son tour.

« Je ne te répéterai pas l'interrogatoire, ment qu'elle n'avait jamais rien vu, su et entendu de mylord qui ne fût parfaitement conforme à la conduite que doit tenir un gentleman ; qu'il avait montré en tout temps la piété la plus parfaite. quoique cette piété,

« A MOI! GANDAR! A MOI, LES AMIS »

car le courrier va partir et je n'ai pas de temps à perdre.

« Elle continua de tous points la déposition de Caroline Py. Interrogée par M. Prutt sur les motifs qui avaient poussé Kronmark à dénoncer lord Kildare, elle ajouta seule-

maintenant qu'elle était avertie de la véritable condition et religion de mylord, lui parût quelquefois entachée de certaines idées contraires à celles professées par les Bostoniens.

« M. Prutt demanda si le gracieux témoin

avait eu quelque soupçon que lord Kildare eût noté quelque intrigue publique ou particulière contre la sûreté du Massachusetts ou de quelque autre province de la Nouvelle-Angleterre.

« Miss Angelina répondit d'une voix ferme :

« — Non, monsieur Prutt. »

« M. Coutts demanda à son tour si le véritable motif de l'accueil glacé fait par miss Angelina Porter à l'infortuné Kronmark, qu'elle appelait maintenant le gentleman sans oreilles, n'était pas l'affection nouvelle que le témoin avait conçue pour le traître Kildare, et l'espérance qu'elle avait de l'épouser.

« Miss Angelina répliqua qu'elle n'avait pas à rendre compte de ses affections, ni au jury, ni surtout à M. l'attorney général, mais qu'elle se devait à elle-même, qu'elle devait à sa mère respectable et chérie, qu'elle devait au nom de feu James Porter, son père, ministre en la ville de Boston, de dire que jamais lord Kildare ne lui avait adressé la parole, si ce n'est pour parler de la pluie et du beau temps, de la neige et du brouillard, et qu'une seule fois il avait manqué à cette habitude, mais au dernier moment, et lorsqu'il se croyait près d'être tué par les soldats et les policemen...

« Elle s'arrêta et poussa un profond soupir. Tout le public était ému.

« Puis elle ajouta :

« — Ce n'est pas de moi que mylord m'a parlé, c'est d'une jeune dame...

« (Elle regarda alors Mlle de Montluc, qui regardait Kildare.)

« ...d'une jeune dame pour laquelle il l'avait chargée de ses derniers adieux, qu'il avait désiré épouser, pour laquelle il serait heureux de donner sa vie. Il désirait qu'elle le sût... » Miss Angelina n'avait pas cru pouvoir lui refuser sa demande.

« Ayant ainsi parlé, miss Angelina Porter se retira, emportant les sympathies de toute l'assemblée.

« Ces sympathies furent même marquées par des hourras et des applaudissements si vifs, que le président de la cour du comté, M. James Philips, eut de la peine à faire rétablir le silence.

« On fit venir le marshall.

« Cet officier de police déclara que M. Kronmark était venu accuser lord O'Brian, comte de Kildare, de complot contre la sûreté de l'État; qu'il était venu, lui marshall, pour saisir ledit lord Kildare, capitaine au service de S. M. le roi de France; qu'un policeman avait été tué d'un coup de pistolet; que lui, marshall, avait eu le nez cassé d'un coup de crosse (ce qui n'était que trop visible); que Kronmark avait reçu dans la cuisse une balle qui rendait l'amputation nécessaire; que mylord avait sauté par la fenêtre et reçu deux balles dans ses habits; qu'il avait été pris, conduit au poste et remis aux mains du coroner; que les papiers saisis dans la chambre n'étaient que des pièces de vers en l'honneur de Mlle de Montluc et de l'Irlande; qu'il fallait cependant y

joindre un plan de la ville et des fortifications de Boston, etc., etc.

« Le policeman et les soldats répétèrent la même chose.

« Enfin on interrogea Kronmark, qui fut transporté sur un matelas, et qui déclara, en jurant et blasphémant, que lord Kildare était le dernier des traîtres.

« A quoi Kildare, qui jusque-là n'avait rien dit, répliqua que Kronmark était le dernier des gentlemen sans oreilles.

« Puis, M. James Philips, lord juge du Massachusetts, donna la parole aux avocats : à M. Coutts d'abord, attorney général, puis à M. Prutt, défenseur de Kildare.

« M. Coutts prouva sans réplique que lord Donald O'Brian, comte de Kildare, était le dernier des traîtres et le plus infâme; qu'on devrait, si justice était rendue, le pendre d'abord à la plus haute potence du Massachusetts.

« Puis il ajouta que le pendu devait subir le sort du traître marquis de Montrose, être écartelé, et que ses quatre membres, découpés par le bourreau, devaient être attachés aux créneaux des quatre villes principales de la Nouvelle-Angleterre.

« Quelques gentlemen applaudirent dans la salle. Les jeunes misses parurent saisies d'une profonde horreur. Kildare ne souffla pas mot.

« Alors M. Prutt se leva.

« Il commença par plaider de nouveau l'incompétence du tribunal du comté. Puis, pour le cas où l'incompétence ne serait pas admise, il plaida au fond.

« Il raconta la gloire et les exploits des O'Brian, comtes de Kildare, arrière-petits-neveux des Talbot, comtes de Shrewsbury, petits-fils des rois d'Irlande, dévoués à leur roi Jacques.

« Ici, l'assemblée, toute composée de presbytériens et de puritains, grogna en chœur comme un seul homme. Il plaida à droite, il plaida à gauche. Il plaida dessus et dessous, il fit son client plus blanc que neige, et plus pur que l'eau lustrale. Il fut tendre, véhément, pathétique. Il cita les articles 12, 17, 40 et 55 de la charte du Massachusetts. Il cita les vieilles lois du comté de Kildare, que personne ne connaissait excepté lui. Il fit frémir, il fit trembler, il fit pleurer, il charma les misses, il étonna les gentlemen, il m'étonna moi-même; enfin il s'essuya le front, la bouche et les oreilles, et s'assit en disant qu'il était sûr que les gentlemen du jury allaient proclamer l'innocence de son client et le rendre à la liberté.

« En effet, les gentlemen du jury se levèrent gravement, passèrent dans une chambre à côté de la salle d'audience, délibérèrent cinq minutes, et déclarèrent à l'unanimité que lord O'Brian, comte de Kildare, était coupable du crime de haute trahison envers le roi Guillaume et la Nouvelle-Angleterre.

« Après quoi le lord président le condamna à être écartelé le mercredi suivant, sur la grande place de Boston, en vue de tous les nobles citoyens du Massachusetts.

« Kildare se leva et dit: « — Je vous remercie, mylord président, et vous gentlemen, qui m'avez déclaré traître. Je prends à mon tour la liberté de déclarer que vous êtes les derniers des coquins et que vous serez pendus tôt ou tard, si ce n'est par moi, du moins par mon ami Montluc le Rouge. »

« Puis il s'assit, et c'est alors que moi, Gandar, je pensai qu'il était temps de me montrer. Je regardai d'abord autour de moi pour savoir si mes hommes étaient prêts à m'aider, et je vis avec plaisir qu'ils n'attendaient que mon signal pour bien faire.

« Ensuite, comme les policemen se rapprochaient pour emmener Kildare en prison, j'écartai les poings à droite et à gauche pour me faire place, et je criai en français : « A moi, Gandar! A moi, les amis! » En même temps je tirai de mes poches une paire de pistolets, chargés d'avance, que je remis à Kildare. J'en tirai une autre paire pour moi. Tous mes hommes en firent autant. Un policeman voulut me saisir et me désarmer en me donnant un coup de son bâton, qui m'engourdit le bras gauche. Je fis feu sur lui. Il tomba en arrière.

« Kildare lui passa sur le corps, et je criai de toutes mes forces :

« — C'est moi, Gandar, le terrible Gandar, Gandar de Marseille. Le premier qui se met en travers de mon chemin, je lui brûle la cervelle. »

« Si tu m'avais vu dans ce rôle, ami Montluc, tu aurais cru voir Ajax, Achille, Thésée, Scipion, César, Charlemagne et le fameux Roland!

« Les gentlemen du jury le comprirent bien, car ils ne furent pas les derniers à s'en aller, et même l'un d'eux, qui était un peu gros, tomba en travers de la porte et manqua de boucher le passage, de façon que nous fûmes forcés de sauter par-dessus.

« Quant aux autres gentlemen, ceux de la cour du comté, les trois juges se sauvèrent par une porte de derrière, le président en tête. Les misses les suivirent tout effrayées, mais en se retournant pour voir ce qui allait se passer; car elles se doutaient bien que Gandar, de Marseille, n'était pas venu pour faire du mal aux dames. Enfin nous sortîmes de cette caverne et nous courûmes à notre bateau de pêche qui nous attendait sur le port, gardé par deux de mes hommes.

« Mais voici le malheur. D'abord, sir Richard Carroll et les officiers anglais qui étaient à l'audience commandèrent à trente ou quarante soldats qui se trouvaient là en armes, de nous poursuivre la baïonnette aux reins. Eux-mêmes tirèrent leurs épées, le tambour battit dans toute la ville, et en moins de cinq minutes trois ou quatre cents soldats furent à nos trousses.

« S'ils avaient eu leurs fusils chargés, ils nous auraient mis tous par terre d'une seule décharge. C'était précisément la seule chose qui leur manquât. Nous, au contraire, nous n'avions ni fusils, ni baïonnettes, mais des pistolets chargés et des poignards; de sorte qu'ils n'osaient pas nous aborder de trop près.

« Nous courions de toutes nos forces sur le quai, quand tout à coup Kildare s'arrête et me dit : « Merci, ami Gandar, va-t'en avec les tiens. Je reste. »

« Le pauvre lord s'était donné une entorse huit jours auparavant, en sautant par la fenêtre, et l'entorse n'était pas guérie. La douleur était si vive, qu'après les cent premiers pas il ne pouvait plus mettre un pied devant l'autre.

« Comment faire? Je voulus d'abord l'emporter dans mes bras, mais il ne restait plus que deux hommes avec moi. Les autres avaient passé devant pour regagner le bateau. La foule des soldats approchait et n'était plus qu'à dix pas de nous.

« Il me dit :

« — Va-t'en, je le veux! tu périrais sans me sauver!

« — Mylord, lui répliquai-je, je m'en vais, puisque tu le veux. Mais je fais serment, si ces coquins touchent à un seul de tes cheveux, de mettre le feu à la ville de Boston tout entière. »

« En même temps je le laisse étendu sur le pavé, je cours avec mes hommes au bateau de pêche, je le détache, et nous partons au milieu d'une grêle de balles que les soldats nous tiraient du rivage. Par bonheur il faisait nuit noire, et nous passâmes sous le feu des forts qui nous canonnèrent. Aucun boulet ne nous toucha, et deux heures après nous étions revenus à bord.

« En arrivant, je dis au patron du bateau :

« — Mon garçon, reprends ta cambuse, et porte à sir Richard Carroll, gouverneur de la Nouvelle-Angleterre, le billet que voici :

« En mer, juillet 1697.

« Gandar, de Marseille, qui n'a jamais manqué à sa parole, a l'honneur d'avertir sir Richard Carroll que, s'il a le malheur de laisser pendre ou décapiter lord Kildare, il subira, lui, Carroll, le même sort par ordre dudit Gandar, et la ville de Boston sera mise à feu et à sang, comme Babylone et Ninive.

« GANDAR. »

« Le patron promit de faire ma commission, et partit sur l'heure, bien content de n'être pas plus mal traité.

« Maintenant, Montluc le Rouge, mon vieux, tu sais où en sont les affaires. J'attends tes ordres en pleine mer, en vue de Boston. Kildare est-il mort? Je n'en sais rien. S'il l'était, je le saurais sans doute; mais personne ne peut plus sortir de la ville, et je vois seulement avec ma lunette d'approche que les gens du pays remuent de la terre et des canons, et s'apprêtent à nous bien recevoir.

« GANDAR. »

XV. — M. LE CURÉ DE GIMEL DEVIENT AMBASSADEUR

APRÈS avoir lu la lettre de Gandar, Montluc le Rouge me dit :

« Vous voyez, mon cher monsieur le curé, s'il est possible de rester immobile en attendant les ordres de M. de Pontchartrain et la conclusion de la paix. Tandis que les diplomates délibèrent, nous avons le temps de préparer et d'exécuter notre entreprise. Nous serons désavoués !... Soit ! Ce n'est pas la première fois qu'un Montluc sera désavoué pour avoir bien servi la France, et qu'il aura passé outre ! Si Kildare a péri, décapité ou pendu, je jure que je ferai couper par morceaux cent des notables habitants de Boston, dix des officiers supérieurs et tout ce qu'il y aura de lords et de baronnets dans la place ! »

Tout à coup, au moment où il donnait à l'armée et aux sauvages le signal du départ, un courrier arriva du camp anglais. Ce courrier avait traversé sans difficulté tous les postes des deux nations, car il était porteur d'une heureuse nouvelle. La paix venait d'être conclue entre la France d'une part, l'Angleterre, l'empire d'Allemagne, la Hollande et l'Espagne de l'autre, à Ryswick.

En lisant la dépêche, Montluc le Rouge fronça le sourcil et demanda à l'envoyé anglais s'il ne pouvait pas lui communiquer les conditions du traité.

Le courrier, qui était un capitaine de l'armée anglaise, répondit que ces conditions étaient contenues dans une dépêche de sir Richard Carroll gouverneur du Massachusetts, qu'il tira de sa poche et remit à M. de Montluc.

Celui-ci parcourut des yeux la dépêche et lut tout haut :

« Article 325. — Les hautes parties contractantes se réservent le droit de traiter ceux de leurs sujets rebelles qui auront été faits prisonniers suivant les règles ordinaires, et s'engagent à ne réclamer aucun de ceux qui se seront engagés à leur service, et qui auront eu le malheur de se faire prendre, soit en bataille rangée, soit autrement. »

« Ah ! ah ! dit Montluc le Rouge, voilà pour Kildare et les protestants de France. Ces deux grands rois, Guillaume et Louis, chassent de leur patrie des milliers d'hommes, et, s'ils veulent rentrer, les font décapiter ou pendre ! Ils s'accordent cela l'un à l'autre, ces grands politiques ! Guillaume accorde à Louis la vie et les biens des protestants ; Louis accorde à Guillaume la vie et les biens des catholiques. Et cela s'appelle la paix ! O justice divine ! quels châtiments dois-tu réserver à ces misérables !

— Monsieur, demanda le capitaine anglais, quelle est votre réponse ? »

Alors Montluc lui dit :

« Monsieur, je n'ai rien à répondre, si ce n'est de vous tenir sur vos gardes. Nos rois peuvent être en paix ou en guerre, suivant qu'il leur plaira ; mais, pour moi, je ne connais qu'un seul homme au monde à qui Dieu m'ait commandé d'obéir : c'est mon père, le baron Annibal de Montluc. Ce qu'il voudra que je fasse, je le ferai. »

Et comme l'officier anglais allait repartir, il ajouta :

« N'auriez-vous pas, monsieur, quelque gazette qui pût me mettre au courant des affaires d'Europe et d'Amérique ? »

L'Anglais tira de sa poche un numéro de l'Observer de Boston, qui annonçait la conclusion de la paix, faisait valoir ses avantages et rendait compte d'un incident judiciaire qu'il proclamait lui-même très singulier. Voici cet incident:

« Tout le monde se souvient du procès qui fut fait au traître lord Kildare le mois dernier, et à la suite duquel ledit traître et lord fut condamné à être pendu et écartelé, d'après les lois des trois royaumes et la charte du Massachusetts. On se souvient aussi que M. Prutt, avocat dudit traître et lord, éleva un déclinatoire contre la condamnation, si équitable, d'ailleurs, qui venait d'être prononcée par la cour du comté. Le principal argument de M. Prutt contre la pendaison dudit traître et lord, consistait principalement dans ce fait, que Donald O'Brian, lord Kildare, ayant été condamné à avoir la tête tranchée en Irlande, ne pouvait pas, n'avait pas le droit quand même il l'aurait réclamé (et ce n'était pas le cas présent), d'être pendu en Amérique: que l'axiome Non bis in idem s'y opposait fortement. A quoi l'honorable M. Coutts attorney général, avait répliqué qu'il n'y avait pas lieu d'appliquer le précédent axiome judiciaire Non bis in idem, attendu que ledit traître et lord était condamné à avoir le cou tranché en Europe et seulement serré un peu trop fort en Amérique ; qu'il n'y avait donc pas de bis in idem dans l'affaire, car serrer le cou d'un lord n'est pas le couper. M. Prutt avait riposté que si ce châtiment n'était pas le même, le crime reproché à son client était tout pareil, et il avait invoqué le droit qu'ont les lords et autres gentilshommes d'être décapités et non pendus, ce qui convient seulement à des bourgeois et manants de la plus mince espèce.

« C'est alors, on s'en souvient, que lord Percy, fils du duc de Northumberland, intervint dans l'affaire comme témoin, et déclara qu'il était, lui, comme lord et fils de lord, tout à fait indifférent d'ailleurs à lord Kildare, témoin que la pendaison dudit traître et lord Kildare serait contraire aux droits et privilèges des lords des trois royaumes, et qu'à ce titre il croyait devoir s'y opposer, menaçant, si l'on passait outre, d'en appeler au Parlement de la libre Angleterre... Après quoi, sir Richard Carroll, gouverneur du Massachusetts, déclara que, la question étant douteuse, il croyait devoir s'en remettre aux instructions et aux ordres que S. M. le roi Guillaume ne pourrait pas manquer de lui envoyer de Londres.

« Il a donc été sursis à l'exécution dudit traître et lord Kildare. Mais, car il ne serait pas juste que la trahison du lord demeurât impunie, il se rencontre heureusement que l'article 525 du traité de Ryswick, qui vient d'être conclu entre les deux rois de France et d'Angleterre, abandonne à la justice des deux royaumes les rebelles qui se sont laissé prendre de part et d'autre; de sorte qu'on attend par le retour du prochain courrier la décision de Sa Majesté Britannique au sujet de lord Kildare, et qu'on a tout lieu d'espérer qu'il subira le juste châtiment de sa trahison. »

Montluc le Rouge replia le journal et dit au capitaine anglais:

« Je vous remercie, monsieur. Vous me rassurez. Je craignais pour la vie de mon ami. Je crains encore; mais c'est à sir Richard Carroll à prendre ses précautions, car pour moi, je ne connais ni roi de France ni roi d'Angleterre qui puisse m'empêcher de faire mon devoir... Cependant, si vous pouvez me promettre que lord Kildare sera rendu à la liberté...

— Monsieur, répliqua l'Anglais, je n'ai pas d'autres instructions », et il partit.

Sans perdre de temps, Montluc le Rouge dit à son jeune frère:

« Charlot, tu as tout entendu. Tu répéteras tout à notre père. Tu lui demanderas ses ordres et tu reviendras sur le champ... En attendant, nous allons marcher sur Boston. »

Le jeune garçon monta sur son élan et partit au triple galop. Le noble animal et lui disparurent en une minute dans la forêt.

Montluc le Rouge assembla les chefs des tribus sauvages et leur dit:

« Frères, je vais délivrer mon ami Kildare, ma sœur et ma fiancée, Lucy. Venez-vous avec moi?

— Où tu iras, nous irons », répliqua Pied-de-Cerf.

Aussitôt on leva le camp et l'on se mit en marche.

Ce jour-là, nous fîmes environ quinze lieues.

Le lendemain, Montluc le Rouge me prit à part et me dit:

« Nous allons certainement rencontrer l'ennemi. J'ai confiance dans la victoire, mais nous pouvons être battus. L'essentiel pour moi est de sauver Kildare; prenez les devants avec Buffalo; allez à Boston avertir sir Richard Carroll que la paix dépend de lui seul; il faut le persuader de rendre Kildare à la liberté; sinon, l'ébranler, le troubler. »

Je partis donc, et le quatrième jour, au coucher du soleil, nous arrivâmes aux portes de Boston.

J'enroulai un mouchoir blanc autour d'un bâton et je m'avançai à quelques pas de la muraille, non sans crainte de recevoir des balles. Mais la sentinelle reconnut le drapeau parlementaire et avertit le poste. On vint au-devant de moi, et j'expliquai en français que j'étais envoyé par M. de Montluc pour porter un message important à sir Richard Carroll.

L'officier de poste me conduisit sur le champ à la maison du gouverneur. Celui-ci était à table avec son état-major.

Je dis, le plus doucement que je pus, que je venais, comme ministre de la sainte religion catholique, comme Français et dans l'intérêt de la paix, pour demander la mise en liberté de lord Kildare.

« Ce traître! s'écria un jeune gentilhomme qui était assis à la droite de sir Richard Carroll: j'espère bien, mylord gouverneur, que vous n'avez pas le projet de le soustraire au châtiment qu'il a si bien mérité.

— Mylord Percy, répliqua sir Richard Carroll, je n'ai aucune intention, si ce n'est de remplir mon devoir, qui est d'attendre les ordres de Sa Majesté Britannique et de m'y conformer.

— Mylord gouverneur, demandai-je alors, la paix est faite, et il ne tient qu'à vous qu'elle soit éternelle. Les prisonniers doivent être rendus à la liberté.

— Les prisonniers des deux nations, oui, mais non les traîtres! » répliqua sir Richard Carroll.

Tout ce que je pus dire pour le fléchir ne le persuada pas. Au fond, je pense qu'il craignait une révolte du peuple de Boston s'il délivrait lord Kildare.

J'expliquai alors que la paix était à ce prix, et qu'on s'exposait, en voulant exécuter lord Kildare, à faire mettre Boston à feu et à sang par les Canadiens de Montluc et par les sauvages. Sir Richard Carroll répondit, avec un air de mépris, que, grâce au ciel, l'armée de Sa Majesté Britannique était assez nombreuse, assez connue par son courage et assez bien commandée, pour ne rien craindre de telles menaces. Tout l'état-major applaudit.

Je demandai alors la permission de rendre visite à Mlle Athénaïs de Montluc et à miss Lucy, ce qui me fut accordé sur le champ.

Je n'avais jamais vu Mlle Athénaïs de Montluc, mais je la reconnus au premier coup d'œil, tant elle ressemblait à son père et à son frère.

Grande, svelte, élancée, gracieuse, douce et fière, elle avait sur son visage l'empreinte de deux races, dont l'une est la plus intrépide et l'autre la plus intelligente de l'univers.

A côté d'elle, miss Lucy était différente sans être inférieure. Toutes deux ressemblaient à deux sœurs: la France, qui grandit au soleil, et l'Irlande qui vit au milieu des brouillards de l'océan.

Quand j'entrai, Mlle de Montluc se leva, étonnée de voir, pour la première fois, à Boston, un prêtre catholique. Peut-être même craignait-elle quelque piège et quelque déguisement; mais je tirai de ma soutane un billet de son frère, ainsi conçu:

« Chère sœur,

« M. le curé de Gimel, qui te remettra ceci, est un de nos meilleurs amis. Il te dira que le jour de la délivrance approche pour toi et pour Lucy. Par quel moyen, c'est ce que je ne sais pas encore. Ecoute-le. Aie confiance en lui.

　　　　　« MONTLUC LE ROUGE. »

« Pour Kildare, s'il vit encore, il sera sauvé. Mais s'il a péri, chaque goutte de son sang sera payée d'une pinte de sang anglais. »

« Monsieur le curé, dit Mlle de Montluc, M. de Kildare vit encore, mais on peut recevoir à toute heure l'ordre de l'exécution.

— L'avez-vous vu depuis sa condamnation? demandai-je.

— Non. Mais M. Prutt, son avocat, le voit tous les jours dans sa prison et nous en donne des nouvelles. »

Il me vint une idée. Je demandai l'adresse de M. Prutt et je sortis.

M. Prutt demeurait dans une rue assez large, au centre de la ville.

Ce jurisconsulte me reçut avec la gravité de sa profession, de son âge et de son caractère; il me fit asseoir, s'assit lui-même, me regarda par-dessus ses lunettes, et demanda d'un air engageant quel accident heureux ou malheureux lui procurait l'avantage de recevoir la visite du savant ecclésiastique de la religion romaine que je paraissais être.

Je répliquai qu'il s'agissait d'une affaire très grave, et, après avoir décliné mon nom et mes qualités, je lui parlai de lord Kildare.

A ce mot, M. Prutt tira de sa poche sa tabatière d'écorce à queue de rat, saisit une pincée de tabac d'Espagne, l'aspira avec soin, rajusta ses lunettes sur le bout de son nez et dit enfin:

« Lord Kildare, monsieur le curé, est un homme à la mer. Les amis de cet infortuné gentilhomme n'ont plus qu'à préparer son tombeau.

— Monsieur Prutt, répondis-je, vous passez à juste titre pour le plus honnête et le plus habile jurisconsulte du Massachusetts... »

C'était une politesse et même une flatterie, que Dieu lui pardonnera sans doute en faveur de l'intention. D'ailleurs, c'était peut-être vrai. Il se caressa doucement le menton.

Je poursuivis:

« Vous êtes sans doute convaincu comme moi, monsieur Prutt, de l'innocence de votre client. »

Il dit: « Hum! hum! » Ce qui n'était guère encourageant.

« Vous en êtes convaincu, repris-je avec plus de force, puisque vous l'avez plaidée. »

Il se mit à rire.

« J'ai plaidé, monsieur le curé, mais je n'en jurerais pas! Nous autres, avocats...

— Monsieur Prutt, connaissez-vous quelque moyen légal de sauver lord Kildare?

— Légal?... Non.

— Alors vous croyez qu'aussitôt que l'ordre d'exécution sera venu d'Angleterre...

— On lui coupera la tête, oui, monsieur.

— Et cet ordre arrivera bientôt?

— Peut-être aujourd'hui, comme peut-être demain, monsieur. »

Je réfléchis quelques instants, car la proposition que j'allais faire en valait la peine, et je repris enfin:

« Monsieur Prutt, connaissez-vous quelque moyen illégal d'arriver au même but?

— Illégal!... Monsieur le curé, s'écria-t-il, mon métier n'est pas d'en chercher. »

Cette réponse ambiguë n'était pourtant pas décourageante.

« Je ne vous demande pas d'en chercher, monsieur Prutt, lui dis-je, mais si l'intérêt de la ville de Boston, votre patrie, et du Massachusetts tout entier était de ne pas laisser se consommer ce meurtre abominable, ou plutôt cet assassinat... »

Tout en parlant, je suivais dans ses yeux le progrès de mon éloquence, mais M. Prutt demeurait impassible. Cependant, par complaisance sans doute, il dit:

« En effet, il y a des jours où l'intérêt public peut commander certaines dérogations extraordinaires à la loi, mais...

— Eh bien, monsieur Prutt, je veux bien, mais sous la foi de votre honneur, vous révéler un secret terrible d'où dépend le sort d'une ville entière... M. de Montluc, Montluc le Rouge que vous connaissez, a juré de mettre Boston à feu et à sang si l'on touche à un seul cheveu de la tête de lord Kildare.

— Ah! en vérité! dit-il en riant... Mais Montluc le Rouge, continua-t-il, qui n'a pas empêché de brûler la maison de son père, doit savoir que le Massachusetts à lui seul peut armer vingt mille miliciens intrépides, que la garnison de Boston est composée de six mille Anglais, qu'une flotte puissante et invincible croise en ce moment sur les côtes de l'Amérique... »

Il énuméra encore vingt autres moyens de défense et d'attaque, puis il ajouta:

« Et vous croyez que Montluc le Rouge, si brave qu'il soit, pourrait, avec trois cents Canadiens et quelques centaines de sauvages, attaquer une flotte, une armée et une milice si redoutables, et je puis dire tout à fait invincibles!

— Je ne sais pas s'il le pourra, monsieur Prutt, mais je sais qu'il le fera.

— Après tout, c'est probable, reprit M. Prutt, mais qu'en concluez-vous?

— Qu'il faut m'aider à prévenir tous ces malheurs, monsieur Prutt, en favorisant la fuite de lord Kildare. »

Alors il me fit entendre, sans le dire expressément, qu'il n'avait aucune horreur pour cette proposition, mais qu'il voulait savoir, avant tout, quel bénéfice il en retirerait, lui Prutt, jurisconsulte honoré, père de famille respectable, dévoué au bien public, à la vieille Angleterre, au roi Guillaume, etc., etc.

C'était le côté embarrassant de ma négociation, car ma poche était vide.

Il s'en aperçut aisément et ajouta:

« Vous comprenez, du reste, monsieur le curé, qu'un homme de mon âge, de mon caractère, un ancien de sa congrégation, ne peut pas se lancer comme un étourdi dans une entreprise téméraire. »

Pourtant, à force d'insister, de tourner et retourner cette âme, à force de faire entrevoir des trésors, qu'à la vérité je n'avais pas dans ma bourse, mais que mes amis avaient et seraient heureux de répandre, il finit par m'indiquer un moyen hasardeux. « Car, me dit-il, si vous échouez, vous pouvez être pendu, mais c'est votre affaire et non la mienne. »

J'allai donc à la prison de lord Kildare en sortant de la maison de M. Prutt, qui me répéta sur le seuil de la porte que l'entreprise était illégale et que, en cas d'échec, je ne devais m'attendre à aucune pitié.

Donald O'Brian, comte de Kildare, était assis sur un grabat et écrivait des vers en l'honneur de Mlle de Montluc, au moment où j'entrai. Il m'accueillit avec un sourire charmant, et quand je lui eus expliqué l'objet de ma mission, il me dit gaiement:

« Vous voyez, monsieur le curé, que je n'avais pas tort de vouloir vous emmener en Amérique. Je me doutais que j'aurais besoin de vous pour me donner au dernier moment les secours de la religion. Il est doux de mourir en mettant sa main dans la main d'un ami. »

Je ne répéterai pas notre conversation. On en verra bientôt les effets.

Au moment où je sortais de la prison, toute la ville était en rumeur. Les gentlemen de Boston (comme aussi les dames et les misses), étaient debout dans les rues, le nez collé contre les murs, et lisaient des affiches qu'on venait de poser par ordre de sir Richard Carroll.

La première annonçait la conclusion de la paix. Au-dessous d'elle était apposée la suivante:

« La frégate *Thames*, arrivée depuis trois jours à New-York, apporte la décision de S. M. le roi Guillaume (dont le nom soit à jamais béni!) sur le cas du traître lord Kildare, condamné par le parlement d'Angleterre à être décapité dans Londres pour crime de rébellion, et par la cour du comté de Boston à être pendu dans cette ville pour crime de haute trahison.

« Sa Majesté, considérant qu'il n'est pas d'usage de pendre et de décapiter le même homme pour deux crimes différents;

« Considérant, de plus, que Donald O'Brian jouit, comme pair d'Angleterre, du droit imprescriptible d'être décapité et non pendu; considérant néanmoins qu'il y aurait aussi de graves inconvénients que le condamné fût transporté en Angleterre, ce qui retarderait et peut-être empêcherait l'exécution de l'arrêt;

« Ordonne que ledit traître, Donald O'Brian, sera décapité sur une des places publiques de Boston, vingt-quatre heures après la publication de ladite ordonnance, en

vue du peuple loyal du Massachusetts, lesdites vingt-quatre heures étant accordées audit rebelle et traître pour veiller au soin de son âme. L'exécution aura lieu demain mercredi, à midi, dans Market-Place.

Signé: « RICHARD CARROLL. »

Si j'avais pu hésiter encore à tout tenter pour l'évasion de lord Kildare, cette affiche aurait suffi pour me décider. Mais au moment où je me retirais, une autre proclamation attira mes regards. Tout le monde la lisait avec étonnement d'abord, puis avec frayeur. La voici:

« Son Excellence a l'honneur d'avertir les miliciens de la ville de Boston et du Massachusetts qu'elle a reçu de graves nouvelles de la frontière. Malgré la conclusion de la paix de Ryswyck, les Français, toujours perfides et violateurs des traités, ont recommencé les hostilités. Un certain Montluc le Rouge, partout connu par ses crimes, a rassemblé environ sept ou huit cents Canadiens, de ceux qu'on appelle *Bois-Brûlés*, et qui n'appartiennent à aucune race et à aucune nation civilisée. Par ses mensonges et par d'autres moyens encore moins avouables, il a décidé plusieurs milliers de sauvages à le suivre. Au mépris de toutes les lois divines et humaines, ces brigands ont envahi le Massachusetts et marchent sur Boston qu'ils ont juré de mettre à feu et à sang. Déjà plusieurs centaines de fermes ont été pillées et brûlées, les bestiaux ont été enlevés.

« Le brave colonel Maccarthy, qui commandait le 1er régiment de Highlanders, voulut en vain représenter à Montluc le Rouge que la paix était ratifiée entre les deux rois de France et d'Angleterre. Le *Grand-Ours-Noir*, qu'on avait envoyé chercher, a déclaré que, n'ayant jamais reçu aucun secours ni aucune protection du roi de France (qui même avait voulu autrefois lui faire couper la tête), il ne lui devait aucune obéissance avant qu'on eût souscrit aux trois conditions suivantes:

« 1° On lui rendrait Mlle de Montluc et sa compagne Lucy.

« 2° On rendrait la liberté à lord Kildare.

« 3° La ville de Boston, soit à elle seule, soit avec l'aide des six provinces de la Nouvelle-Angleterre, lui payerait une somme de six millions en argent, dont les deux tiers pour indemniser son ami Gandar des frais de l'expédition, et le dernier tiers pour faire reconstruire le château de la Tour-Montluc, au milieu du lac Érié.

« 4° Tout ce qu'il y avait de vivres, de vêtements, de whisky et d'armes dans les magasins d'approvisionnements de Boston serait livré aux sauvages qui le suivaient.

« Faute de quoi, la ville serait brûlée, et, si lord Kildare était décapité, cinquante des plus notables gentlemen seraient pendus.

« A ces demandes insolentes, le colonel Maccarthy répondit, comme il devait le faire, c'est-à-dire à coups de fusil, et nos braves Highlanders ont remporté une victoire complète. Trois cents Canadiens et plus de neuf cents sauvages ont été tués, parmi lesquels Montluc le Rouge.

« Quoique cette victoire garantisse le maintien de la paix, Son Excellence a cru devoir envoyer des renforts au colonel Maccarthy, qui s'est rapproché de Boston. Trois mille soldats partiront donc pour le rejoindre, et les miliciens du Massachusetts sont appelés sous les armes.

Signé: « RICHARD CARROLL. »

— Eh! reprit Thompson, en baissant la voix, vous ne voyez donc pas que nous sommes battus? La victoire du colonel Maccarthy est un mensonge. S'il était vainqueur, est-ce qu'il reviendrait à Boston? Est-ce qu'on lui enverrait trois mille hommes de renfort? Est-ce qu'on ferait mettre toute la milice sous les armes?

— C'est vrai, ça; vous avez peut-être raison, compère, continua l'autre... Mais au moins Montluc le Rouge est tué. C'est toujours ça de gagné.

LORD KILDARE ME REÇUT AVEC UN SOURIRE CHARMANT

Malgré ce bulletin de victoire, la ville était consternée. Mais ma consternation était bien plus grande encore.

La mort de Montluc le Rouge était le plus terrible malheur qui pût nous arriver à tous. Cet intrépide gentilhomme était vraiment notre seule espérance. Il était le seul en qui tous, Français ou sauvages, eussent une confiance égale.

Pendant que, la tête baissée, les larmes aux yeux, je lisais et je relisais cette proclamation funeste, j'entendis un bourgeois qui disait à son voisin:

« Eh bien! que pensez-vous de tout ça, Thompson?

— Je pense, répondit l'autre, que je voudrais bien être armurier et non boulanger. Par le temps qui court, je serais plus sûr de faire mes affaires.

— Vous n'avez donc pas confiance?

— Et vous croyez ça! dit Thompson, en levant les épaules.

— Puisque le gouverneur l'imprime!

— Il a imprimé, il imprime et il imprimera bien d'autres mensonges avant de mourir, allez! Si Montluc le Rouge était tué, sa troupe serait dispersée, Maccarthy serait vainqueur, il marcherait en avant comme un Cromwell, au lieu de reculer comme une écrevisse...

— Mais alors?...

— Eh bien, alors, il faut dérouiller sa carabine et aiguiser son sabre, si vous en avez, compère!

— Au moins, ajouta l'autre, nous aurons demain le plaisir de voir décapiter un lord. »

Sur cette pensée consolante, ils se séparèrent. Je courus moi-même à la prison d'Etat, où je pensais obtenir des nouvelles plus certaines.

Toute la maison était dans un trouble singulier. Je me glissai, sans être remarqué, à travers la foule et j'entrai dans une sorte de grand salon, où les dames et les misses les plus considérables de Boston étaient réunies en groupes et travaillaient de toute la force de leurs langues au salut du Massachusetts. Parmi elles, mais un peu à l'écart, se trouvaient Mlle de Montluc et miss Lucy.

Celle-ci avait les larmes aux yeux et je vis par là qu'elle connaissait la funeste nouvelle. Mais ce qui m'étonna beaucoup, ce fut la contenance ferme, assurée et même tout à fait joyeuse, de Mlle Athénaïs. Certes je la connaissais trop pour lui croire un cœur dénaturé. D'où venait donc cette joie? Elle vint à moi aussitôt qu'elle m'aperçut, et dit en me tendant la main:

« C'est vous, monsieur le curé?... Vous savez notre victoire, sans doute? »

Et comme je la regardais stupéfait:

« Il vit! s'écria-t-elle d'une voix éclatante. Il vit pour le salut de ses amis et la terreur de ses ennemis! Il vit!... Mon cœur me le dit, et si j'en pouvais douter, la consternation de ces bourgeois et de ces officiers en serait une marque certaine. » Puis plus bas: « J'en ai d'ailleurs une preuve plus sûre et que je vous prie de garder pour vous, monsieur le curé... Lord Percy me l'a dit!

— Lord Percy!

— Oui, lui-même, monsieur le curé. Vous savez bien que le jeune lord n'a pas de secrets pour moi dans les affaires politiques, et qu'il se propose, maintenant que la paix est conclue entre les deux peuples, de me demander en mariage à mon père. Il a même le projet (c'est lui qui me l'a dit), d'obtenir pour moi dot trois cent mille lieues de forêts en long et en large, du côté du lac Michigan, ce qui lui permettrait, avec l'aide de mon père et de mon frère, de me faire reine d'un petit royaume aussi beau que celui d'Angleterre et qui ne dépendrait de personne, car lord Percy n'est pas du tout, comme vous pourriez croire, un sujet fidèle du roi Guillaume; il me disait hier encore que son père, le duc de Northumberland, a eu pour maîtres Charles Ier, Cromwell, Charles II, Jacques II et enfin Guillaume III, et que tous ces gens-là n'étaient pas de meilleure race que lui, au contraire!...

— Mais vous, mademoiselle, voulez-vous être reine du Michigan?

— Monsieur le curé, répondit-elle gaiement, je suis prisonnière. Quand je serai libre, entre mon père et ma mère, je dirai ce qui me convient. »

Alors j'expliquai à la vaillante demoiselle le projet que j'avais formé pour le salut de lord Kildare et l'obstacle qui m'arrêtait, c'est-à-dire le défaut d'argent...

Elle ôta de son doigt une bague ornée d'un diamant inestimable et me dit de son grand air de reine: « Portez ceci chez un bijoutier, demandez-en mille livres sterling, et dites-lui de ma part que mon père le rachètera deux fois plus cher avant trois mois. »

Rien n'était plus admirable que la confiance de cette intrépide sœur de Montluc le Rouge, — rien si ce n'est la confiance du bijoutier, qui regarda la bague, reconnut la célèbre devise des Montluc: *Ego et Rex*, courut chez ses confrères et me rapporta les mille livres sterling une heure après. Cette fois, j'avais des moyens d'action. Il ne me manquait plus que d'obtenir la permission d'assister lord Kildare à ses derniers moments, et je courus chez sir Richard Carroll pour la solliciter.

Le gouverneur me reçut avec un mélange de politesse et presque de déférence dont je fus bien étonné, et qui me donna l'idée que ses affaires allaient mal. Il me sembla qu'il ménageait en moi un intermédiaire possible entre les Français et lui.

J'essayai d'abord d'obtenir la grâce de lord Kildare ou du moins qu'on retardât son exécution.

« J'en suis bien fâché, dit-il, car cette exécution est aussi injuste qu'impolitique, mais l'ordre du roi est là. Le ministre Somers se plaint qu'on n'a déjà que trop tardé. A retarder encore, je manquerais à mon devoir. »

Il ajouta ensuite quelques paroles obligeantes pour moi et vanta mon dévouement. Enfin il signa l'autorisation pour moi de donner les derniers secours de la religion au prisonnier et de quitter Boston un quart d'heure après.

Je pris de ses mains ce billet et, comme j'allais sortir de son cabinet, je le laissai tomber par hasard et me baissai pour le ramasser. Le même hasard voulut que je visse en même temps un autre papier écrit assez négligemment, en tête duquel étaient ces mots: « Excellence, un malheur terrible... » et en queue, la signature: « Maccarthy, colonel du Ier régiment des Highlanders. »

Je pliai ce papier avec le mien, sans être aperçu de sir Robert Carroll, dont me séparait une table chargée de livres et de dossiers, et je me hâtai de refermer la porte, afin de lire commodément ce papier dont je soupçonnais l'importance.

Voici la dépêche du colonel Maccarthy:

« Excellence, un malheur terrible vient de nous frapper. A la suite de l'ordre que vous m'aviez donné de marcher à la rencontre de Montluc le Rouge, je me suis trouvé tout à coup face à face avec lui, à trente lieues environ du lac Ontario, dans une forêt immense, traversée d'une chaîne de collines et de deux ou trois rivières dont j'ignore les noms: mauvais champ de bataille pour des troupes régulières.

« Quelques miliciens de Boston qui nous servaient d'éclaireurs (car nous n'en trouvons plus parmi les Peaux-Rouges, sur qui ce gentilhomme sauvage semble exercer un empire extraordinaire), m'ont appris qu'il avait avec lui trois cents Canadiens et quelques milliers de sauvages; mais, outre que les flèches de ceux-ci ne sont pas très redoutables, je pensai et tous mes officiers pensèrent avec moi que la peur grossissait les objets et que la troupe de Montluc le Rouge ne montait guère à plus de sept ou huit cents hommes, Français ou sauvages.

« Cependant, conformément à vos instructions, je lui fis demander une entrevue.. »

Suivaient les détails de l'entrevue et des demandes de Montluc le Rouge et de son père, porté au camp sur une litière, à cause de ses blessures.

« Quant au combat qui suivit, je n'en puis rien dire, si ce n'est qu'après la première décharge, mes braves Highlanders se précipitèrent, claymore en main, sur l'ennemi, avec leur courage ordinaire, le mirent en fuite et le poursuivirent pendant cinq ou six cents pas, — aucun de ces misérables Peaux-Rouges n'ayant osé affronter le combat corps à corps. Malheureusement, au moment où je croyais la victoire décidée et Montluc le Rouge en fuite, je m'aperçus, en tournant la tête, qu'il venait prendre mes Highlanders par derrière avec ses Canadiens, et en quelques minutes, une moitié de ma troupe fut tuée ou blessée.

« Il ne nous restait plus qu'à chercher un passage l'épée à la main à travers les Canadiens victorieux. C'est ce que nous avons fait. Montluc le Rouge, qui s'en aperçut, voulut nous en empêcher; mais, par un coup heureux, son cheval fut tué sous lui, de sorte qu'il perdit du temps à se dégager. Des deux côtés, on le crut mort, et je me hâtai de le faire crier de rang en rang pour mettre le désordre dans sa troupe et rallier les miens. Mais il n'en fut rien, et je n'eus que trop occasion de le voir à la vigueur de la poursuite. Sans la nuit qui survint, aucun de nous peut-être n'aurait échappé.

« Il me reste environ cinquante hommes. Tout le reste est tué, blessé ou prisonnier. Nos éclaireurs n'avaient que trop raison. Les Peaux-Rouges qui suivent Montluc sont au nombre de plusieurs milliers. Sept ou huit cents ont reçu de lui des carabines, dont ils se servent avec trop d'adresse. Il leur a promis le pillage de Boston et de toutes les villes de la côte.

« MACCARTHY. »

XVI. — LA PRISE DE BOSTON

CETTE dépêche m'expliqua la politesse inattendue de sir Richard Carroll. Malheureusement elle ne sauvait pas lord Kildare, car l'ordre d'exécution était donné, et le gouverneur n'avait pas le pouvoir de faire grâce. Je courus donc à la prison, où, grâce au laissez-passer dont j'étais muni, j'entrai sans obstacle.

Il était environ cinq heures du soir, et le geôlier se délectait avec sa femme et ses enfants, en soupant d'un reste de pudding, d'un broc de *pale ale* mousseuse, et d'une bouteille de whisky à demi vidée et cachée derrière sa chaise.

Je le priai (en lui montrant de loin une guinée d'or) de m'introduire dans la cellule de lord Kildare.

La pièce d'or eut sur lui le même effet que produit, dit-on sur les petits oiseaux, l'œil de la vipère. Il la suivit jusqu'à la cellule de lord Kildare, ouvrit la porte, et déjà tendait la main pour la saisir, lorsque je la retirai et lui dis:

« Tom !... (c'était son nom), voulez-vous fermer les yeux et je vous en donnerai cent fois autant ? »

Au lieu de les fermer, il les ouvrit d'un air inexprimable d'admiration, de curiosité et de cupidité.

« Que faut-il faire ?

— Presque rien. Allez me chercher une paire de ciseaux et fermez les yeux... Surtout, pas un mot à votre femme ni à vos enfants ! Il y va des cent guinées ! »

Il obéit. Je refermai la porte sur lui, je traçai, au moyen des ciseaux, une tonsure sur la tête de lord Kildare, que j'avais déjà

dépouillé de sa perruque et dont les cheveux noirs étaient à peu près de la couleur des miens. J'échangeai mes habits contre les siens; je lui donnai mon bréviaire, je lui recommandai de baisser modestement les yeux, et je rappelai le geôlier, qui poussa un cri d'étonnement en voyant cette métamorphose et voulut appeler au secours. Rien n'était plus dangereux, car un poste de vingt soldats gardait la prison, et lord Kildare n'avait pas d'armes, non plus que moi.

Mais l'or, qui, suivant le mot d'un ancien, pénètre dans les forteresses les mieux gardées, fit son effet ordinaire. Cent guinées, que je tirai de ma poche, adoucirent l'âme du geôlier. Je promis, il est vrai, d'en donner trois cents autres aussitôt que j'aurais la preuve certaine que lord Kildare était en sûreté dans le camp français.

« Au moins, dit le geôlier, attachez-moi et bâillonnez-moi un peu, de sorte qu'on ne me soupçonne pas d'être complice de votre évasion. »

Nous ne pouvions pas lui refuser cette demande si raisonnable. Il fut lié des pieds et des mains, bâillonné avec un mouchoir, jeté à terre comme un paquet, et lord Kildare sortit sans difficulté de la prison, grâce à mon costume, que les factionnaires connaissaient. De là il traversa la ville, qui par bonheur était enveloppée d'un épais brouillard, passa sous la porte des fortifications, montra son laissez-passer signé de sir Richard Carroll et gagna le camp français.

Moi cependant, coiffé de la perruque et revêtu des habits de ce jeune gentilhomme, couché sur son lit, la tête tournée vers le mûr, j'attendis dans un profond silence et non sans inquiétude les suites de cette aventure.

Vers le soir, la geôlière, très étonnée de l'absence de son mari et de la perte de ses clefs, qu'on ne retrouvait pas, vint frapper à la porte de ma cellule. Elle était accompagnée de miss Angelina Porter, qui avait voulu faire ses adieux au prisonnier et lui assurer qu'elle remplirait sa commission. Je me hâtai d'ouvrir moi-même, et dans l'ombre elle ne me reconnut pas d'abord. Mais elle ne m'eut pas plus tôt regardé qu'elle s'écria:

« Mistress Crump, vous vous trompez. Ce gentilhomme n'est pas lord Kildare. »

Elle heurta du pied le corps du geôlier, qui poussa un grognement sourd. Alors tout se découvrit à la fois, la feinte n'étant plus nécessaire. Mistress Crump délia son mari, lui ôta son bâillon, et tous deux allèrent chercher la garde. Tom Crump paraissant encore plus indigné que sa femme du mauvais traitement qu'il se plaignait d'avoir subi.

« Coquin! me disait-il, en me montrant le poing, tu seras pendu et ce sera bien fait! Et j'irai tirer la corde moi-même. En attendant, je vais chercher le coroner et le jury. »

Je le laissai dire, ayant donné ma parole de ne pas révéler sa complicité.

Une heure après, le coroner entra, suivi de plusieurs soldats, de Tom Crump et d'une vingtaine de bourgeois et de curieux.

On commença sur le champ mon interrogatoire, qui dura longtemps, mais dont je ne donnerai pas les détails. Il suffit de savoir que le coroner, ayant pris l'avis des jurés, déclara que je comparaîtrais devant la cour d'assises du comté trois jours plus tard (vu l'urgence), et que l'arrêt de la cour, quel qu'il fût, serait exécuté dans les vingt-quatre heures.

Ma seule consolation fut que miss Angelina Porter, touchée sans doute de mon infortune, obtint la permission de venir me rendre visite, à condition qu'elle ne pourrait me parler qu'à travers un grillage.

Mais d'autres événements se préparaient à quelque distance de moi.

Dès le lendemain matin, vers quatre heures, je fus éveillé par un bruit lointain, pareil au pétillement de la fusillade, auquel se mêlait, toutes les trois ou quatre minutes, le bruit plus grave et plus profond de la canonnade.

Je pensai en moi-même: « Serait-ce déjà Montluc le Rouge? » Et alors l'idée que le coroner pourrait bien manquer son coup, que le jury n'aurait peut-être pas à me juger, ni le shériff à me pendre, me rendit tout joyeux.

Vers midi, pourtant, je fis la remarque qu'on ne m'avait pas donné à déjeuner et que depuis vingt-quatre heures je ne connaissais plus le boire et le manger que de réputation. M'aurait-on oublié? Pour le savoir, je frappai du poing la porte... une fois... deux fois... trente fois... Je finis par battre un roulement, auquel la voix rauque de la bonne Mme Crump répondit:

« Misérable! vas-tu nous laisser la paix?
— Mais, ma bonne madame Crump... »

Et comme ma politesse ne l'adoucissait pas, je recommençai mon roulement.

Elle me cria à travers la porte:

« Tu seras pendu, brigand! »

Je criai encore plus fort:

« J'ai faim, ma bonne madame Crump! j'ai faim!
— Si tu as faim, mange tes poings! »

Et pendant une heure entière elle me combla de tous les compliments qui peuvent venir à l'esprit d'une dame en fureur.

Enfin une voix douce se fit entendre: c'était celle de miss Angelina Porter qui tenait sa parole et venait m'apporter quelques consolations et aussi quelques provisions, qui ne me firent pas moins de plaisir.

Quant aux nouvelles, les voici.

Une bataille terrible était engagée depuis le matin, à deux lieues de Boston, entre Montluc le Rouge, les troupes anglaises et la milice. C'est de là que venaient la fusillade et la canonnade que j'avais entendues.

« Qui est vainqueur? demandai-je.
— C'est nous, je pense, répondit miss Porter, car on n'entend plus rien depuis midi, et nos troupes poursuivent sans doute l'ennemi. »

C'était possible. Le contraire était possible aussi; cependant, en réfléchissant aux ruses de Montluc le Rouge et des sauvages, qui ne connaissent que la guerre de surprise et d'embuscade, je gardai quelque espérance. Tout à coup une nouvelle canonnade retentit, mais terrible celle-là, furieuse, tout à fait voisine de nous, qui faisait trembler les vitres de toutes les fenêtres et ne ressemblait en rien à la première. Quatre-vingts ou cent pièces d'artillerie tiraient à la fois...

« Ah! dit miss Angelina en souriant, je vois ce que c'est... Notre grande flotte des Antilles, qu'on attendait depuis plusieurs jours, vient d'arriver ce matin et donne la chasse, sans doute, aux deux bricks de Gandar, le corsaire de Marseille. »

Je commençai à trembler pour notre pauvre ami, le Marseillais, qui allait rencontrer un ennemi quarante fois plus fort et mieux armé. Pris entre la ville ennemie et cette flotte formidable, que pouvait-il faire?

Pendant ces tristes réflexions, deux explosions terribles éclatèrent tout à coup, à cinq ou six secondes de distance; le feu de l'artillerie cessa pour un instant, et un immense cri de fureur et d'épouvante remplit toute la ville. Puis la fusillade se rapprocha de nous, au point qu'on aurait cru que les combattants se fusillaient à bout portant dans les rues. Les cris de frayeur des femmes et des enfants se mêlaient aux bruits du combat.

Enfin, sur ma prière, miss Angelina Porter consentit à sortir de la prison, qui, par bonheur, en ce temps de désordres, n'était pas très régulièrement gouvernée, et revint quelques instants après, toute pâle, pour m'apporter des nouvelles.

« Monsieur le curé, dit-elle, toute la ville est à feu et à sang. Il vient d'arriver une chose terrible. M. Gandar, vous savez bien, M Gandar.... eh bien, il a été enveloppé par la flotte anglaise, et tout d'un coup, comme on allait le prendre, il a forcé l'entrée du port... Mais ce n'est rien, ça, en comparaison de ce qu'a fait M. de Montluc du côté de la terre... On dit... »

A ce moment, un officier vint me chercher de la part du gouverneur. Sir Richard Carroll était à cheval et fort troublé, au milieu de son état-major, à quelques pas de l'une des trois portes de la ville. Sans autre cérémonie il me tendit la main et me dit :

« Monsieur le curé, que tout soit oublié entre nous. Vous avez fait évader le traître lord Kildare, ce qui est un crime que nos lois punissent de pendaison ; maintenant, qu'il ne soit plus question de cela. J'ai besoin d'un ambassadeur auprès de votre ami, Montluc le Rouge, et vous êtes à coup sûr le meilleur que je puisse choisir. Etes-vous prêt à partir avec une lettre de moi ? »

Je répondis naturellement que j'étais prêt. Alors sir Richard Carroll me prit à l'écart et me dit :

« Monsieur le curé, que tout soit oublié pour ne pas deviner que nous sommes battus. Votre Montluc le Rouge est un diable. Il a détruit presque entièrement, la semaine dernière, le 1er régiment de Highlanders, commandé par le brave Maccarthy, il les a poursuivis, l'épée dans les reins, jusqu'à deux lieues d'ici, où nous avons de nouveau livré bataille ce matin. Malheureusement nos troupes régulières anglaises n'ont aucune idée de cette guerre de sauvages. En pénétrant dans les bois où Montluc le Rouge les attendait depuis la veille, elles se sont trouvées en face d'une sorte de retranchement ou plutôt d'abatis d'arbres derrière lequel étaient postés plusieurs centaines de chasseurs canadiens et sauvages, dont les coups, visés à loisir et avec l'adresse de ces gens qui vivent dans les forêts, ont abattu en quelques minutes les trois quarts des officiers.

« Le pauvre Maccarthy, furieux de son premier échec, s'est fait tuer en marchant au premier rang, à l'assaut du retranchement. Les trois quarts des officiers de la colonne d'attaque ont péri. Quatre ou cinq cents soldats sont restés sur la place. Le reste tirait au hasard, sur des ennemis invisibles. Ce qu'on a pu rallier est revenu péniblement sur Boston ou s'est dispersé sur la route, car Montluc le Rouge a fait un détour pour couper la retraite aux fuyards. Plusieurs centaines, sans compter les blessés, sont restés entre ses mains. Parmi les blessés, qui sont prisonniers, le principal est lord Percy, fils aîné du duc de Northumberland...

« Surtout, ajouta sir Richard, en me remettant un court billet pour Montluc le Rouge, dites-lui bien ce que vous avez vu. Notre armée est battue sur terre, mais il nous reste encore quatre ou cinq mille soldats derrière les remparts de Boston et, de plus, une milice intrépide qui combat pour sa famille et son foyer, sans compter que toutes les colonies de la Nouvelle-Angleterre vont s'armer et nous envoyer des secours en apprenant notre danger... Savez-vous que la Nouvelle-Angleterre seule peut mettre quarante mille hommes sous les armes ? Si Montluc le Rouge, emporté par ses succès et par sa témérité naturelle, ne veut rien entendre, son père, le Grand-Ours-Noir, connaît les retours de la fortune ; il sait qu'il ne pourrait braver impunément l'Angleterre, surtout quand la France l'abandonne. »

Au travers des discours de sir Richard Carroll, je voyais sa terrible inquiétude.

« Excellence, demandai-je, quelles conditions de paix proposez-vous ? »

Il réfléchit un instant et répondit :

« Nous sommes maîtres de la mer, dit-il après un instant de réflexion. La grande flotte anglaise ferme le port. Montluc n'a pas d'artillerie. Nous avons douze cents canons de marine sous la main, outre six mille marins excellents, qu'on peut mettre à terre, et l'artillerie des remparts. Notre garnison, quoique un peu découragée par son échec, est de quatre mille hommes au moins. Nous avons des vivres et de l'argent à discrétion. Si Montluc le Rouge a sous ses drapeaux trois mille sauvages et trois cents Canadiens, c'est le bout du monde. Nous serons donc, dans le cas le plus fâcheux, deux contre un, et, remarquez bien, deux Anglais ! Mais enfin je connais M. de Montluc, et je sais ce qu'il vaut. A lui seul il peut rendre l'affaire indécise. Il est vrai qu'intrépide comme il l'est, et toujours le premier à la bataille, un coup de fusil peut nous en délivrer à jamais. Et alors toute cette coalition de Canadiens Bois-Brûlés et de sauvages s'écroule et tombe en ruines. Voici donc, monsieur le curé, ce que je propose. Une trêve de cinq heures, pendant laquelle on discutera les conditions de la paix... Pendant la trêve, une entrevue à cent pas de la porte Fisher, en dehors des remparts. Là, nous conviendrons de tout... Lieutenant Campbell !... » Un officier s'approcha. « Lieutenant Campbell, vous allez suivre M. le curé jusqu'au camp de Montluc le Rouge. Vous me rapporterez sa réponse... Monsieur le curé, vous êtes libre. »

Alors, et sans délibérer, je remontai sur ma mule qu'on venait de harnacher, et je repassai, non sans joie intérieure, le pont-levis de Boston que j'avais craint de ne plus repasser jamais.

Montluc le Rouge n'était qu'à cent pas de la porte Fisher. A la vue du drapeau parlementaire que portait un trompette, il fit cesser le feu, non sans peine, car les sauvages avaient une envie terrible de tout tuer dans Boston. Il me serra dans ses bras, me demanda des nouvelles de sa sœur et de miss Lucy, écouta ce que j'avais à lui dire de la part de sir Richard Carroll et répondit: « Vous, mon cher curé, restez. »

Puis, se tournant vers le lieutenant anglais qui m'accompagnait:

« Vous, monsieur Campbell, retournez dans la ville et dites à Son Excellence que je n'accepte aucune proposition, excepté celle-ci: « Qu'il se rende à discrétion ». Et comme Campbell paraissait indigné: « Je garantis, sur mon honneur et ma foi de Montluc, qu'on ne touchera pas un cheveu de la tête des habitants, hommes ou femmes, aussitôt après la capitulation. Jusque-là, et si je suis forcé de donner l'assaut, je ne réponds de rien. Je suis le frère, l'allié, le commandant des Peaux-Rouges, mais je ne suis pas leur maître, et si, pendant l'assaut, ils veulent venger la mort de leurs amis et de leurs parents, je n'empêcherai rien. Je ne veux pas me brouiller avec mes amis pour faire plaisir à mes ennemis. »

Tous les chefs Peaux-Rouges présents applaudirent à cette réponse, et Pied-de-Cerf ajouta:

« Toi, Montluc le Rouge, nous te suivrons partout, car tu es le plus grand, le plus fort et le plus juste des hommes. Nul autre que toi ne pourrait succéder à ton père, le *Grand-Ours-Noir*, et aux grands chefs Ériés, ses ancêtres. »

A ces mots, Campbell partit et rentra dans Boston. Cinq minutes plus tard, un drapeau noir s'éleva sur le rempart pour indiquer que les propositions de Montluc le Rouge étaient rejetées.

Il se mit à rire et me dit:

« Monsieur le curé, vous n'avez jamais vu de ville prise d'assaut. Regardez! »

Au même instant, sept ou huit coups de canon partirent du rempart. Plusieurs Canadiens et sauvages furent tués ou blessés. Alors une fusée éclata, bizarre et multicolore, de l'intérieur de la ville, et une fusillade accompagnée de canonnade terrible éclata dans l'intérieur et du côté du port.

« Ah! dit Montluc, c'est Gandar qui tient sa parole. Tout va bien. A nous maintenant! »

Et, saisissant une immense échelle, il la jeta dans le fossé et l'appuya sur le rempart, pendant que deux canons, qu'il avait pris la veille aux Anglais, tiraient à la fois sur la porte, l'enfonçaient, abattaient les chaînes du pont-levis et frayaient un passage à nos soldats, au milieu d'une grêle de balles.

Mais alors, voyant cette issue, il abandonna l'assaut et, à la tête de ses Canadiens, se précipita dans la ville, le pistolet dans une main, l'épée dans l'autre.

J'essayai de le retenir; mais le vieil Annibal, qui commandait la réserve, assis sur une chaise, à cause de ses blessures, me dit d'un air sévère:

« Monsieur le curé, ne vous inquiétez pas! Il connaît son métier, et je serais fâché qu'un Montluc arrivât le second dans une ville prise d'assaut... Vous, cependant, si

vous voulez donner l'absolution aux mourants, hâtez-vous! »

Je me hâtai en effet de pénétrer dans la ville, où déjà nos Canadiens et les sauvages s'avançaient sous une pluie de feu qui tombait de toutes les fenêtres.

Quant à Montluc le Rouge, il allait de rue en rue, de maison en maison, suivi de ses hommes, tuant à coups d'épée ou de carabine tout ce qui combattait, épargnant le reste; toujours hardi, impassible, et, à ce qu'il semblait, invulnérable, car aucune balle (et des milliers étaient dirigées sur lui) n'avait pu le toucher ou tout au moins l'abattre.

Enfin nous arrivâmes sur le port, où un spectacle étrange nous attendait. Deux carcasses de navires noircies par l'explosion surnageaient sur la mer. C'étaient les deux bricks de Gandar le Marseillais. Quant à lui, après avoir fait sauter ses bricks, il était entré dans la ville avec ses équipages, et, retiré dans les bâtiments des douanes comme dans une forteresse, il attaquait les Anglais par derrière, pendant que Montluc le Rouge donnait l'assaut à la ville et que la flotte anglaise et les forts le canonnaient à leur tour.

C'était vraiment un spectacle digne de l'enfer; de tous les côtés, le feu et la mort.

Vers l'ouest, à la tête de la colonne principale, Montluc le Rouge venait, comme on l'a vu, de traverser la ville de part en part, l'épée à la main. A l'est, lord Kildare, profitant d'une brèche ouverte et du désordre général, s'avançait avec une autre troupe. Au sud, Gandar était retranché dans la douane. Les Anglais et les miliciens faisaient feu de tous les côtés et dans toutes les rues. Les sauvages alliés de Montluc ne faisaient grâce à personne, pas même aux femmes et aux enfants. L'artillerie anglaise, du haut de ses vaisseaux, tirait à la fois sur les deux partis et bombardait la ville.

A la fin, sir Richard Carroll arbora le drapeau parlementaire et déclara qu'il se rendait à discrétion. Montluc fit cesser le feu, non sans peine, car ses sauvages, hors de la bataille, n'obéissaient qu'à demi; et alors les chefs de notre armée se réunirent sous la présidence du Grand-Ours-Noir, le vieil Annibal de Montluc.

Cependant, et sans délai, les conditions proposées deux jours auparavant par Montluc le Rouge furent adoptées et exécutées. Mlle Athénaïs de Montluc et miss Lucy furent mises en liberté les premières. Avec quelle joie elles furent reçues, on le devine aisément. Six millions furent donnés à Gandar le Marseillais, qui avait fait les frais de l'expédition, moitié en or et argent comptant, moitié en traites sur Cadix et Amsterdam.

Sir Richard Carroll obtint sa liberté de la même manière, c'est-à-dire en restituant le trésor qu'il avait pris dans le pillage du château de la Tour-Montluc, et qui ne montait pas à moins de vingt millions comptants d'or en barres... Quant à l'héritage de miss Lucy

Carroll, Montluc le Rouge ne voulut pas le réclamer, « car, dit-il, la baronne de Montluc, la femme de Montluc le Rouge, n'a pas besoin de dot ».

Mlle Athénaïs épousa lord Kildare et eut pour dot, outre la moitié du trésor recouvré de son père, une terre plus grande que la Normandie, et aussi fertile.

Les alliés sauvages de Montluc le Rouge, qui ne faisaient pas grand cas de l'or et de l'argent, eurent pour leur part tout ce qu'il y avait d'armes et de whisky, de vivres et de provisions dans le Massachusetts.

Moi-même, enfin, je fus nommé curé de la paroisse d'Érié, dont le clocher se voit sur le lac du même nom, à trois lieues de la cataracte du Niagara. C'est de là que S. M. le roi Louis XIV, ayant appris quels services j'avais rendus à la colonie, m'a tiré, quoique indigne, pour me faire évêque de Montréal. C'est dans cette heureuse paroisse que j'eus la douleur de perdre ma pauvre Marion et la joie de remarier le bon Beaupoil, aujourd'hui mon intendant, avec une jeune Canadienne, demi-Française, demi-sauvage, mais de bon caractère, qui l'a rendu père de six enfants bien portants, gais et bons comme leur père, forts et laborieux comme leur mère.

Que vous dirai-je encore? Que tous mes amis sont heureux ou à peu près, autant du moins que le permet la misère de notre condition humaine. La famille de Montluc le Rouge, presque aussi nombreuse aujourd'hui que celle de Jacob, croît et s'étend sans relâche autour des Grands-Lacs. Charlot, son jeune frère, aujourd'hui marié et père de sept enfants, est un puissant seigneur sur le Mississipi et le Missouri.

Quant à Gandar, il vient nous rendre visite tous les deux ou trois ans. Hier encore, il me racontait son entrée d'assaut dans Boston.

« Té! dit-il, quand je vis ces coquins d'Anglais qui allaient me couler à fond, je pensai en moi-même: « Est-ce que tu vas te laisser prendre comme un saumon dans le filet, toi, un Gandar? » Alors je criai aux amis: « Périr pour périr, vaut mieux vaincre! » Et nous entrâmes dans le port, comme le couteau dans le beurre. C'est vrai que trente ou quarante furent tués, mais, comme vous savez, on ne fait pas d'omelette sans casser des œufs. Et, ma foi, l'omelette en valait la peine. Mes deux bricks coulèrent à fond, mais Montluc le Rouge me les a bien remboursés. Il n'est pas ladre, le gaillard; il aura toujours des amis!... Alors nous sautâmes à terre. Nous prîmes Carroll et les siens par derrière. Vous savez le reste... A votre santé, monseigneur! »

Car je suis monseigneur maintenant, étant évêque de Montréal, en Canada.

OEuvres illustrées de Jules Verne

BIBLIOTHÈQUE
DE LA JEUNESSE

Chaque volume illustré broché, couverture en couleurs

2 fr. 50

IMP. CUSSAC, PARIS.

www.ingramcontent.com/pod-product-compliance
Lightning Source LLC
Chambersburg PA
CBHW060457260626
47161CB00005B/2150